トンカチくんと、ゆかいな道具《どうぐ》たち

松居スーザン 作
堀川真 絵

あすなろ書房

もくじ

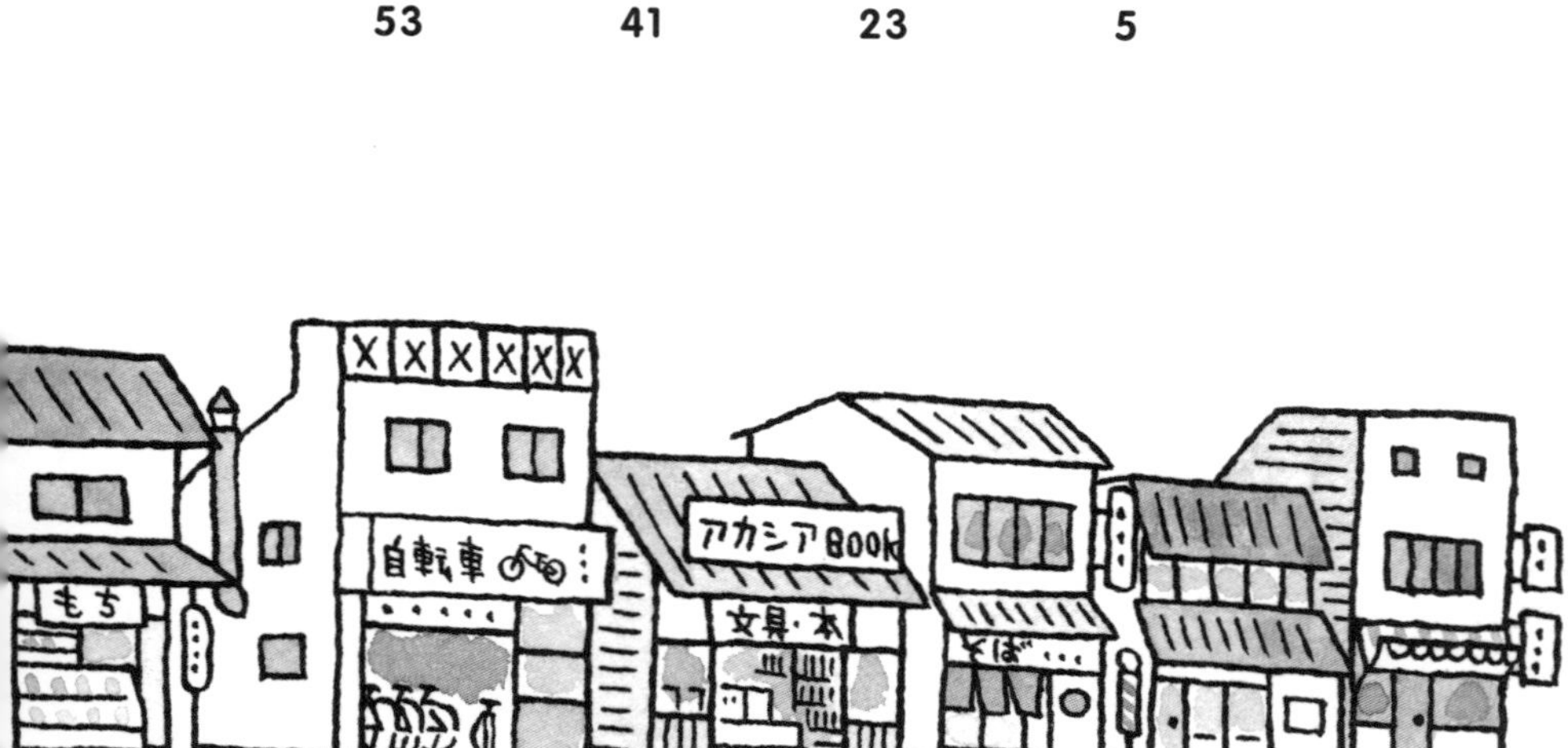

PHOTO

「おがくず町《まち》音《おん》頭《ど》」

詞《し》・曲《きょく》／ノコギリくん

おがくず町《まち》を　知ってるかい
いい町だよ　おいでなさい
気《き》立《だ》てのいい　道《どう》具《ぐ》たちが
歓《かん》迎《げい》するから　よってらっしゃい

トンカチ、ノコギリ　ネジマワシ
その他《た》大《おお》勢《ぜい》の　道《どう》具《ぐ》たち
ギコギコ、ドンドン　おおいそがし
みんなの幸《しあわ》せ　つくるために

おがくず町《まち》に　日がのぼる
みんなは仕《し》事《ごと》に　でかけてく
おがくず町《まち》の　日が暮《く》れる
晩《ばん》ご飯《はん》を食べて　布《ふ》団《とん》にはいる

どこにもあるようで　どこにもない
この世《よ》でいちばん　よいところ　はい
さあさあみなさん　歌いましょう
そうりゃそりゃそりゃ
おがくず町《まち》音《おん》頭《ど》だよー

1

のみの市《いち》の
帰り道

のみの市《いち》の帰り道、大工《だいく》のトンカチくんはとてもうきうきしていました。トン、トン、トン。歩道《ほどう》をはねていきながら、歌いました。

「すてきなくぎだ　ほほー
五本も買ったよー
みがいて　ぴかぴかにしよう」

「ぎこぎこ座《ざ》」の角《かど》をまがると、トンカチくんは、裏口《うらぐち》からでてきたノコギリくんにばったり会いました。

「やあ、ノコギリくん。演奏《えんそう》はどうだった？」
「じょうできさ。きみ、やけにうれしそうだね。なんかいいことがあったのかい？」
「もちろん、あったさ」
トンカチくんは、かばんをポンポンたたいて、いいました。

「のみの市《いち》で、いいくぎを、五本も買えたんだよ。家に帰ったら、ぴかぴかにみがいて、棚《たな》の上にならべるんだ」

「また、くぎかい。きみも物好《ものず》きだね」

トンカチくんは、ノコギリくんとわかれると、またトン、トン、トンと、はねていきました。

するとむこうから、ネジマワシの父ちゃんと娘《むすめ》がやってきました。ネジマワシの娘《むすめ》は、おもちゃのベビーカーをおしています。

「やあ、ネジマワシくん」

「やあ、トンカチくん。うれしそうだね。またくぎを買ったのかい？」

「そうだよ」

「くぎのどこがいいのか、ぼくにはさっぱりわからないよ」

「うん。ネギのほうがかわいいよ」

ネジマワシの小さい娘《むすめ》が、横《よこ》からいいました。

「ネギじゃないよ。ネジだろ?」

父ちゃんが注意《ちゅうい》しました。

「うん。ネギ」

娘《むすめ》はうなずくと、ベビーカーの中をのぞきました。

シートには、うすみどりのペンキのはがれかかった短《みじか》いネジがねかされています。

「よしよし、いいネギだね」

ネジマワシの娘《むすめ》は、ベビーカーをゆらしていいました。

「おう、かわいいネギじゃないか」

そういうと、トンカチくんはネジマワシの父ちゃんにウィンクして、それから、また家にむかってはねていきました。

家につくと、すぐにトンカチくんはかばんをあけて、五本のくぎをとりだしました。のみの市《いち》で買ったのですから、かなりよごれて、さびついています。でも、しばらくごしごしみがくと、よごれやさびがとれて、みんなぴかぴかになりました。トンカチくんは、五本のあたらしいくぎを、くぎコレクションをならべた棚《たな》の上に、そっと立たせました。これでくぎは、十八本。短《みじか》いくぎ、長いくぎ、細いくぎ、太いくぎ。みんな一級品《いっきゅうひん》です。

「はじめたばかりのコレクションにしては、悪《わる》くないな」

トンカチくんは、まんぞくそうにいいました。

そのとき、裏《うら》の家から、やかましい音が聞こえてきました。たくさんの楽器《がっき》が、いっせいに音合わせをはじめたのです。

「ノコギリくんのバンドが、練習《れんしゅう》をはじめたのか。しょうがないな。川辺《かわべ》のさんぽにでかけるとするか」

そういってから、トンカチくんは、はっと、くぎコレクションの棚《たな》を、見あげました。

一本のくぎが、ぐらぐらとあぶなっかしくゆれています。

「おい！」

トンカチくんは、おどろいて、さけびました。

くぎはぎくっとして、もとどおり、まっすぐ立ちました。

「おかしいな。動《うご》くわけないもんな」

トンカチくんは、肩《かた》をすくめると、トンカチ型《がた》のドアのほうへはねていきました。裏《うら》の家では、音合わせがおわり、ダンス曲《きょく》の練習《れんしゅう》がはじまりました。

ギコギコ　ジャンジャカ　ドンドンドン。

棚《たな》の上で、コソコソ、コトンと、またおかしな音がしました。でも、トンカチくんはもう外にでてしまったので、気がつきません。

川辺《かわべ》を歩いていると、トンカチくんは友だちのハケさんに会いました。ハケさんは、橋《はし》の下に立って、橋《はし》の裏《うら》に魚の絵を描《か》いていました。

「やあ、きれいだね」

トンカチくんは、橋《はし》の裏《うら》を見あげていいました。

「まるで、川の中にいるみたいだ」

「ありがとう。このへんに、水草《みずくさ》があったほうがいいかしら？」

「うん、そうだね」

トンカチくんは、ハケさんの仕事《しごと》がおわるまで、そばで見ていました。

もう、うす暗《ぐら》くなっています。

「ああ、つかれちゃった」

ハケさんはいいました。

「ぼくのうちへ、ご飯《はん》食べにこない？」

トンカチくんはいいました。

「きのう、おもちをついたから、焼《や》いて食べようよ」

「わあ、うれしい!」

そこで、ふたりはトンカチくんの家にむかいました。


ところが、家にはいったとたん、トンカチくんは「あっ」とさけびました。

「どうしたの?」

ハケさんはききました。

「ぼくのくぎコレクションが……」

ハケさんも、棚《たな》を見あげました。くぎは、跡形《あとかた》もなく、消《き》えています。

トンカチくんはがっかりして、壁《かべ》によりかかりました。

「だれかがもっていったんだろうか。ああ、どうしよう」

トンカチくんが元気なく食事《しょくじ》のしたくをするあいだ、ハケさんは、棚《たな》の下やおしいれの中をさがしましたが、くぎは見つかりませんでした。

トンカチくんとハケさんは、テーブルについて、おいしいおもちを食べました。

でも、トンカチくんはひとりで考えこんでいて、あんまりしゃべりません。

「ごちそうさま。ああ、おいしかった！」

ハケさんは、ナプキンで口のまわりをふいて、いいました。

「ね、そんなに落《お》ちこまないで。わたしとおどりにいかない？」

「おどりに？」

トンカチくんは、ぼんやりと顔をあげていいました。

「ええ、今夜町民《ちょうみん》センターで、ダンスをやっているのよ。わたし、ダンスが大好《だいす》き！」

「よし。いこう。ここでうじうじ考えていてもしょうがないし」

そこでふたりは、町民《ちょうみん》センターにむかいました。

商店街《しょうてんがい》までくると、もう音楽が、聞こえてきました。

おがくず町《まち》を　知ってるかい
いい町だよ　おいでなさい
気立《きだ》てのいい　道具《どうぐ》たちが
歓迎《かんげい》するから　よってらっしゃい

ハケさんは、体をゆらして歩きました。

「早くおどりたいわ」

おがくず町《まち》の町民《ちょうみん》センターのまわりは、たくさんのちょうちんで、にぎやかにかざられていて、町じゅうの道具《どうぐ》たちが集《あつ》まっておどっています。ノコギリくんのバンドがステージで演奏《えんそう》しています。ヴォーカルは金属《きんぞく》ブラシさんです。

トンカチ、ノコギリ、ネジマワシ

その他大勢《たおおぜい》の　道具《どうぐ》たち
ギコギコ、ドンドン　おおいそがし
みんなの幸《しあわ》せ　つくるために

金属《きんぞく》ブラシさんの髪《かみ》の毛がいきおいよくふるえています。

「ね、おどろうよ」

ハケさんは、トンカチくんを、おどっている道具《どうぐ》たちの輪《わ》の中に、引きこみました。

ギコギコ　ジャンジャカ　ドンドンドン。

どこにもあるようで　どこにもない
この世《よ》でいちばん　よいところ　はい
さあさあみなさん　歌いましょう

氷

そうりゃそりゃそりゃ
おがくず町音頭《まちおんど》だよー

ステージ全体《ぜんたい》が、音楽に合わせてゆれているようです。気がついたら、トンカチくんもおどっていました。バンドはますますテンポをあげます。

「やっほー！」

トンカチくんは、ぴょんぴょんはねながらさけびました。そのとき、

「あっ、あれを見て」

ハケさんは、トンカチくんの腕《うで》をつかんで、いいました。

トンカチくんは、はねるのをやめて、ハケさんが指《ゆび》さすほうを見ました。

すると、ステージのむこうで、ひとかたまりになって、たくさんのくぎがおどっているのが見えました。

くぎたちは、楽しそうにはねたり、くるくるまわったりしています。

「あれは、ぼくのくぎじゃないか」

トンカチくんは、あぜんとしていいました。

「あいつら、動《うご》けるのか！　だけど、だまってでていくなんてひどいよ。あんなにだいじにしていたのに」

「ひどくなんかないわ。きっと、おどりたかっただけよ」

「くぎがおどるなんて、聞いたことないよ」

「あら、くぎだって、おどってもいいじゃない」

トンカチくんは、頭をかかえました。

そのとき、曲《きょく》がおわりました。すると、くぎたちは、バタンバタンと、たおれました。

「わかったわ」

ハケさんはポンと手を打《う》っていいました。

「あのくぎたちは、音楽を聞くと動《うご》きだして、曲《きょく》がおわ

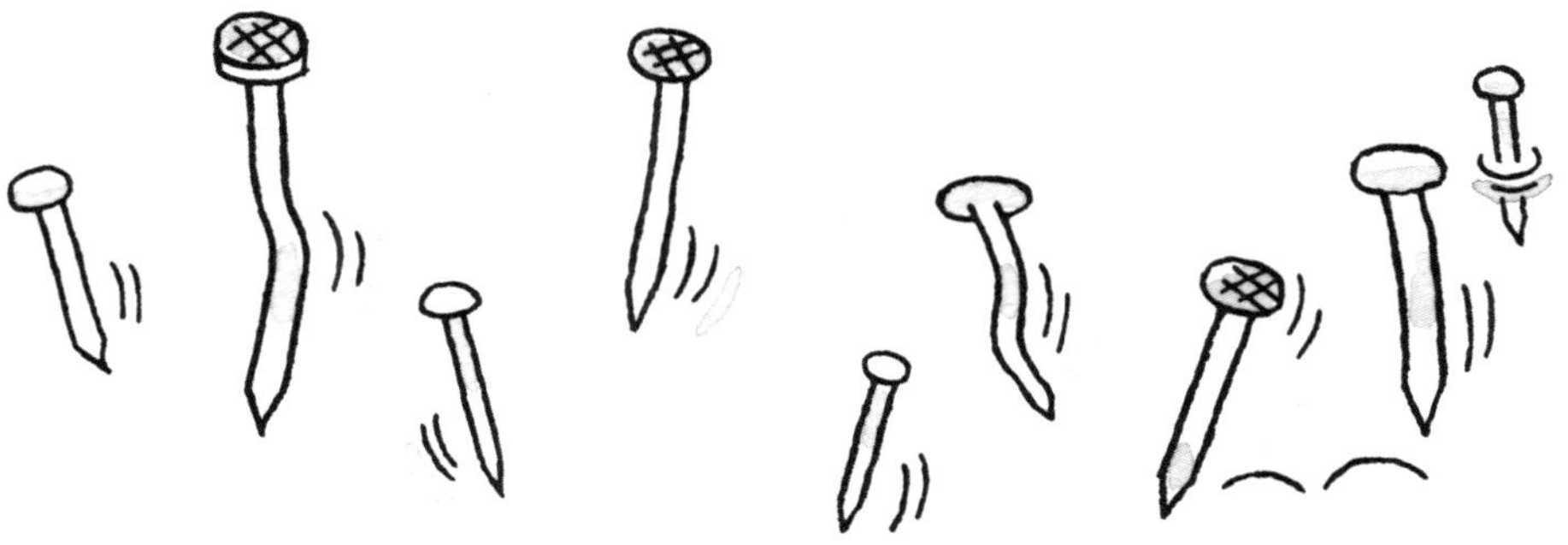

ると、動《うご》けなくなるのよ。きっとそうよ。すごいわね」

トンカチくんは、トントントンと、むこうへはねていって、かさなりあってたおれている十八本のくぎたちをじっと見ました。クギたちは、ぴくりとも動《うご》きません。

ステージのほうから、ノコギリくんの声がしました。

「みなさん、これから、ぼくの新曲《しんきょく》を演奏《えんそう》します。ヴォーカルは、ドリルさんです」

ノコギリくんは、ギーコギーコと、悲《かな》しげなメロディーをかなではじめました。

ドリルさんが歌います。

「のみの市《いち》の　帰り道ー
トンカチひとり　はねていく」

すると、カタッ、カタッと音がして、くぎたちはゆっくりと起《お》きあがって、体をゆらしはじめました。

「ほらね！」

ハケさんはいいました。それから、ぼーっとつったっているトンカチくんの両《りょう》手《て》をとっていいました。

「わたしたちも、おどりましょう」

ハケさんとトンカチくんのまわりを、くぎたちは輪《わ》をつくって、ゆれておどりました。

「かばんの中の　くぎたちは
どこへつれて　いかれるのか
なにも知らない　さびしい空
願《ねが》いはたったひとつ　ああー
町民《ちょうみん》センターで　おどりたいなー」

悲《かな》しいメロディーに、トンカチくんは鼻《はな》をすすりました。

「そうか。そんなにおどりたかったのか。よし。これからは、毎週金曜日に、町《ちょう》民《みん》センターのダンスにつれてこよう」

「それがいいわ!」

「ありがとう、ハケさん。きみはいい友だちだよ」

トンカチくんは、ハケさんをながめていいました。

ハケさんは、にっこりして、くるくるまわりました。


夜がだいぶふけたころに、トンカチくんは十八本のくぎをかかえて、くたくたになって家に帰りました。そして、くぎたちをそっと長椅子《ながいす》にねかし、自分もベッドにたおれこむと、あっというまにぐっすりねむりました。

おがくず町《まち》の空にお星さまが、きらきらかがやいています。

2

名《めい》探《たん》偵《てい》マキジャクと
ちんどん屋《や》

マキジャクくんは、川の土手にすわって、ほおづえをついて、ぶつぶつひとりごとをいいました。

「なぜこの町で犯罪《はんざい》は起《お》こらないのか！　ああ、つまんない。殺人事件《さつじんじけん》も誘拐事件《ゆうかいじけん》も、なにも起《お》こりゃしない。まったくたいくつな町だ」

マキジャクくんは、足の指《ゆび》のあいだを流《なが》れる水をぼんやりとながめました。水面《すいめん》に自分の赤い、四角い顔がうつっています。マキジャクくんは、まっすぐすわりなおり、もっと大きな声でいってみました。

「なぜ犯罪《はんざい》は起《お》こらないのか？　それはもちろん、この町に腕利《うでき》きの探偵《たんてい》がいるからだ。犯罪者《はんざいしゃ》たちはみんなおそれをなして、アジトでちぢこまっているのさ」

腕利《うでき》きの探偵《たんてい》……もちろん、それはマキジャクくんのことでした！　でも、そんなことをいってもむなしいばかり。事件《じけん》もないのに、どうして腕利《うでき》きの探偵《たんてい》といえるのでしょうか。マキジャクくんは、ため息《いき》をつきました。

「とにかく、下町《したまち》にいって、ぶらぶら見まわりをしてこよう。いつあやしいやつがあらわれるかわからないからね」

マキジャクくんは、木造《もくぞう》のそり橋《ばし》をわたって、下町《したまち》にむかって歩きはじめました。

むこうからネジマワシの父ちゃんと娘《むすめ》がやってきました。

「やあ、マキジャクくん」

ネジマワシの父ちゃんは声をかけました。

「やあ、ネジマワシくん」

マキジャクくんは立ちどまって、するどい目つきで、ネジマワシの親子を観察《かんさつ》しました。

「ははあ。きみたちは公園からの帰り道だな」

そして、ネジマワシの娘《むすめ》の頭をなでて、

「ころんだんだね。いたいのいたいの、飛《と》んでいけー!」

といいました。

「すごいな、マキジャクくん。どうしてわかったんだい？」

ネジマワシの父ちゃんはびっくりしていいました。

「かんたんさ」

マキジャクくんはいいました。

「ふたりとも砂《すな》が少しついているから、公園にいったことがわかった。おじょうちゃんの目のまわりのかわいた涙《なみだ》の跡《あと》と、ひざのばんそうこうを見れば、なにが起《お》こったのか、一目瞭然《いちもくりょうぜん》さ、腕利《うでき》きの探偵《たんてい》ならね」

「おそれいった」

ネジマワシの父ちゃんはいいました。

「すばらしい観察力《かんさつりょく》だ。探偵《たんてい》の仕事《しごと》って、やりがいがあるだろうね」

すると、マキジャクくんは、ため息《いき》をつきました。

「じつは、ここのところ、ずっと事件《じけん》がなくて、やりがいがないんだ」

「ほんとうかい」

「ああ。もう二度《にど》と、事件《じけん》なんか起《お》こらないんじゃないかって、思うことがあるよ」

「元気だせよ」

ネジマワシの父ちゃんは、マキジャクくんの肩《かた》をポンポンたたいていいました。

「きっと今に、すごい犯罪《はんざい》が起《お》こるさ」


ネジマワシの親子とわかれると、マキジャクくんは、商店街《しょうてんがい》を歩いて、町民《ちょうみん》センターも通りすぎて、ようやく下町《したまち》にきました。

ここでは、くずれかけた家々《いえいえ》が、たがいによりかかってたっています。

町角《まちかど》に、失業中《しつぎょうちゅう》のブリキ細工《ざいく》の道具《どうぐ》たちが、たむろしています。けらけらと、下品《げひん》にわらいながら、カラカラン、カタンとたたきあったり、こづきあったりしています。

「うるさいな」

マキジャクくんは、頭をふって、考えました。

「まだ犯罪《はんざい》とまではいかないが、ほっといたら、あの若者《わかもの》たちはなにをしでかすか、わかったもんじゃない」

ブリキ細工《ざいく》の道具《どうぐ》たちは、マキジャクくんに気がつくと、にやにやしながら口々《くちぐち》にいいました。

「おい、おやじ。なにじろじろ見てるんだい」

「仕事《しごと》はないのかい」

「ひまにしていると、ろくなことないぜ」

「そうだ、早く家に帰って、便所《べんじょ》の寸法《すんぽう》でもはかるんだね」

けらけら、カランカラン、けらけらけらけら。

マキジャクくんは、顔を真《ま》っ赤《か》にして、なに

も答えずに急《いそ》ぎ足《あし》でそこを通りすぎました。

つぎの角《かど》にくると、マキジャクくんは足をとめました。目の前の家は、ペンチ警官《けいかん》が以前《いぜん》よく出入りした家です。マキジャクくんも、そんなとき、ちょっと手《て》伝《つだ》ったことがあります。そこは万力《まんりき》のおっさんと火ばしのおかみさんの家です。

くずれかけた家に、ふたつのちがった形の戸口がついています。マキジャクくんは、幅《はば》の広いほうの戸口へいって、声をかけました。

「こんにちは、万力《まんりき》くん。いますか」

すると、奥《おく》のほうから、遠くで鳴るかみなりのような声がかえってきました。

「いるともさ、マキジャクくん。どっかいくにも、いけないじゃないか、この体じゃ。ま、中へはいりたまえ」

マキジャクくんは、暗《くら》くてひどくちらかった部屋《へや》に一歩はいりました。奥《おく》のずっしりした木のかたまりの上に、万力《まんりき》のおっさんが、でんとすわっています。ものをはさんでしっかりしめつける万力《まんりき》ですから、かんろく十分《じゅうぶん》です。

「どうですか、このごろは。おかみさんは元気ですか？」

マキジャクくんはききました。

「ああ、元気で留守《るす》だよ」

「この家もずいぶん落《お》ちついたようですね」

「ああ、むかしはよく夫婦《ふうふ》げんかで火花が飛《と》んだもんだ」

万力《まんりき》のおっさんはわらっていいました。

「一度《いちど》なんか、火花が飛《と》びすぎて、火事《かじ》を起《お》こしてしまっ

たもんな」

「そうだったね」

マキジャクくんはいいました。

「おかみさんが、変《へん》なやつをつれてかえって、それできみは頭にきたんだったね、たしか」

「そうだったな。まあ、たいていはあいつの世話焼《せわや》きがトラブルのもとだったもんだ。だが、子どもらが生まれてからは、あいつも落《お》ちついたし、おれもしんぼうづよくなったよ。もうずいぶん長いこと、ペンチ警官《けいかん》のお世話《せわ》になってないなあ」

そのとき急《きゅう》に、家の前がさわがしくなりました。大勢《おおぜい》のわらったりしゃべったりする声が近づいてきます。

「ほら、きた」

万力《まんりき》のおっさんはうれしそうにいいました。

「子どもらが帰ってきたぞ」

そういいおわらないうちに、たくさんの小さなカスガイが部屋《へや》の中にころがりこんできて、お父さんに飛《と》びつきました。

「おう、かわいい子どもたちじゃないですか」

マキジャクくんはいいました。

「そうだろう？　こんなかわいい子がいたら、女房《にょうぼう》とけんかする気にもなれないのさ」

カスガイたちは、お父さんの体のあっちこっちにくっつきました。

「そうだな。『子はカスガイ』というからね」

マキジャクくんは、とくいそうにわらって、いいました。

すると、今度《こんど》は、家の前で、かん高い声がしました。

「おまえさん！」

火ばしのおかみさんです。

「お帰り」

万力《まんりき》のおっさんはどなりました。

「お客《きゃく》をつれてきたよ。この人たちったら、泊《と》まるとこがないんだってさ。満腹《まんぷく》食堂《しょくどう》の前でこまってたもんだからさ」

そういいながら、火ばしのおかみさんと、ふたりの背《せ》の高いやせた男たちが火ばし型《がた》の入り口からはいってきました。カスガイたちはふりむいて、お客《きゃく》を見あげました。

「変《へん》な人たちだね」

小さいカスガイの女の子がいいました。

「こわいよ」

もっと小さい男の子が泣《な》きそうになっていいました。

「べつに変《へん》じゃないよ。この町にやってきたばかりだから、見なれないだけさ」

火ばしのおかみさんはいいました。

「ほら、こっちが丸型《まるがた》やすりさんで、こっちが平型《ひらがた》やすりさん。兄弟《きょうだい》なんですって」

やすり兄弟《きょうだい》は、にやにやして、なにもいいません。

「だが、泊《と》める場所《ばしょ》なんか、この家にはないだろう」

やっと、万力《まんりき》のおっさんがいいました。

「それは、だれのせい？」

と、火ばしのおかみさんはきつい声でいいました。

「おまえさんが、いつもすわってばかりいて、なんにもしないからでしょ。この人たちは、手伝《てつだ》いもしてくれるっていうから、ちょっとのあいだ、泊《と》めたっていいじゃない」

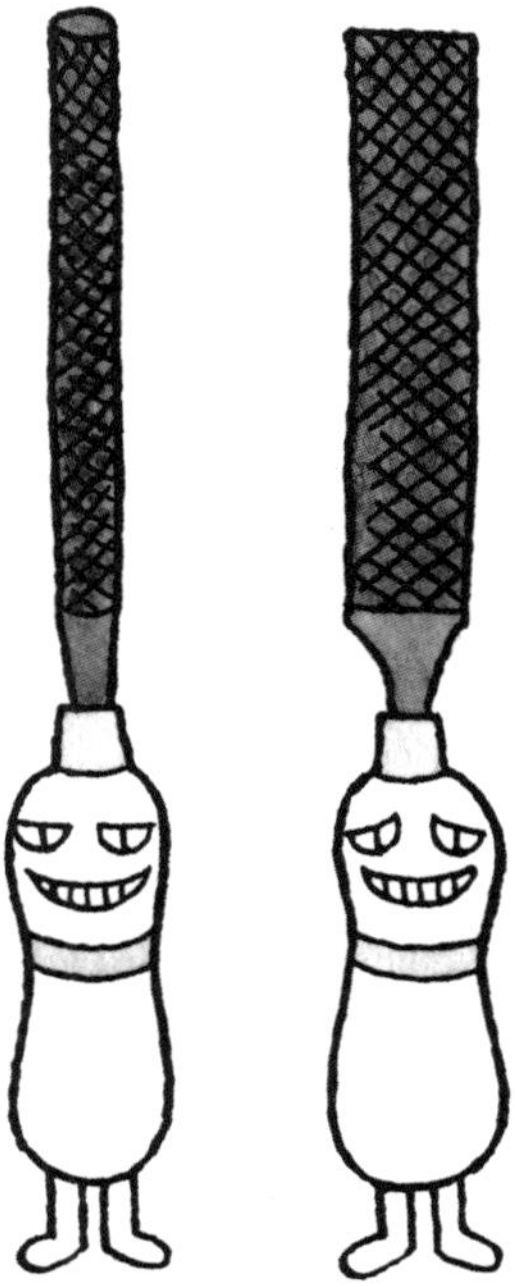

丸型《まるがた》やすりと平型《ひらがた》やすりは、にやにやしながら、しきりにうなずきました。

「じゃ、ちょっとのあいだだけだよ」

万力《まんりき》のおっさんは、ため息《いき》をついて、いいました。

マキジャクくんは、やすり兄弟《きょうだい》の人相《にんそう》がひじょうによくないと思いました。でも、どうすることもできません。みんなにあいさつすると、外にでました。


帰り道、マキジャクくんはまたネジマワシの父ちゃんと娘《むすめ》に会いました。ふたりは家の前で花を植《う》えていました。

「やあ、マキジャクくん」

ネジマワシの父ちゃんは立ちあがって、声をかけました。

「ぼくはさっきから考えているんだけど、この町に犯罪《はんざい》がないわけじゃないと思うよ。ただ、みんな、探偵《たんてい》にたのもうと、思いつかないだけじゃないかな」

「そうかもしれないね」

マキジャクくんはいいました。

「そこで、ぼくは考えたんだけど、ちんどん屋《や》に宣伝《せんでん》をたのむのはどうだろう」

「ちんどん屋《や》？」

マキジャクくんはいいました。

「ほら、むかし、商店街《しょうてんがい》にときどききただろう？　料亭《りょうてい》かなんかのプラカードをもって楽器《がっき》を鳴らしながら、道のまん中をいったりきたりして、宣伝《せんでん》していたんだ」

「ああ、いたいた。三、四人でねり歩いて、まるで小さなパレードのようだった。子どものころ、あれを見るの大好《だいす》きだった」

「そうだよ、みんな大好《だいす》きさ。それをやってみるんだよ」

「なかなかいい案《あん》だね。ありがとう、ネジマワシくん」

「ちんどん屋《や》、ちんどん屋《や》」

ネジマワシの娘《むすめ》は、父ちゃんのまわりをぴょんぴょんとびながら、歌いました。

マキジャクくんは橋《はし》のほうへ歩きだしました。けれども、何歩《なんぽ》もいかないうちに、とつぜん、ぐるりと、急《いそ》ぎ足《あし》でまた下町《したまち》のほうへ引きかえしていきました。失業中《しつぎょうちゅう》のブリキ細工《ざいく》の若者《わかもの》たちに、会うために。

月曜日の朝です。私立探偵《しりつたんてい》マキジャクくんの事務所《じむしょ》のある商店街《しょうてんがい》を、おかしな一行《いっこう》が、いったりきたりしています。

「カランカラン　チン
カランカラン　ドン
チンチン　カラカラ　ドンドンドン
犯罪《はんざい》におこまりのみなさま。
殺人《さつじん》、誘拐《ゆうかい》、ゆすり、へそくり相談《そうだん》には、
名探偵《めいたんてい》マキジャク、名探偵《めいたんてい》マキジャク。
どんなことでも捜査《そうさ》を引きうけますので名探偵《めいたんてい》マキジャクにご用命《ようめい》ください。

カランカラン　チン

カランカラン　ドン」

町じゅうの人が見にきています。大人《おとな》たちはなつかしがってよろこび、子どもたちはめずらしがってさけんだり、手をたたいたりしています。

マキジャクくんは、二階《にかい》の窓《まど》から、こっそり下の通りをのぞくと、急《きゅう》に元気がわいてきました。そこで、深《ふか》く息《いき》をすって、下から見えるようにカーテンをあけると、新聞をひらいて、窓辺《まどべ》の安楽椅子《あんらくいす》にすわり、最初《さいしょ》の事件《じけん》を待《ま》ちました。

3

ネジマワシの親子の楽しい午後

「ただいま」

ネジマワシの父ちゃんは、玄関《げんかん》に道具箱《どうぐばこ》をドンとおろしながら、大きな声でいいました。

「お帰り、父ちゃん」

ネジマワシの娘《むすめ》は、走ってきました。

「今日は仕事《しごと》があまりないから、親方《おやかた》が早く帰してくれたんだよ。どっかいこうか？」

「いこう、いこう！」

ネジマワシの娘《むすめ》はぴょんぴょんはねて、はしゃぎました。

さっそく、ふたりはむぎわら帽子《ぼうし》をかぶって、さんぽにでかけました。

「橋《はし》のほうにいこうか、それとも商店街《しょうてんがい》のほうにいこうか」

道にでると、ネジマワシの父ちゃんはいいました。

「商店街《しょうてんがい》」

ネジマワシの娘《むすめ》はいいました。

「ガタワシ食べたいの」

「綿菓子《わたがし》か、よし」

そこで、ふたりは左にまがって、商店街《しょうてんがい》のほうへ歩いていきました。

商店街《しょうてんがい》は、買《か》い物《もの》をする人たちでにぎわっていました。

「カランカランチン、カランカランドン」

ちんどん屋《や》の若者《わかもの》たちの短《みじか》い行列《ぎょうれつ》は道をいったりきたりしています。ネジマワシの娘《むすめ》は、父ちゃんの手をにぎってスキップしました。

八百屋《やおや》さんの角《かど》にくると、植木《うえき》バサミさんが声をかけてきました。

「いらっしゃい。ふたりでおつかいかね？」

「やあ、さんぽだよ」

ネジマワシの父ちゃんはいいました。

「ガタワシ買ってもらうの」

ネジマワシの娘《むすめ》は、ぴょんぴょんはねていいました。

「そうかい、いいねえ」

植木《うえき》バサミさんはわらいました。

「なっぱ、買っていかない？　安《やす》いよ」

「うむ。新鮮《しんせん》そうだね。よし。

ひとたば、買ってこう」

「毎度《まいど》あり」

植木《うえき》バサミさんは、なっぱを
新聞紙でつつむと、ネジマワシ
の父ちゃんにわたしました。

それから、ネジマワシの親子

はまた駄菓子屋《だがしや》にむかって歩きだしました。小間物屋《こまものや》の前を通るとき、中からノミくんがでてきました。手に細いしんちゅうのくさりをもって、ひとりでにこにこしています。

「やあ」

とネジマワシの父ちゃんに声をかけられると、ちょっとてれたような顔をしました。

「あ、こんにちは。ぼく、ちょっと友だちに……」

ノミくんはいいかけました。

「いいんだよ、わかっている。カスガイの彼女《かのじょ》にプレゼントだろう?」

ネジマワシの父ちゃんはいいました。

ノミくんは、顔を赤くして、下をむきました。

「よろこぶよ。早くわたしにいきな。だが、父親に見られないように、気をつけたほうがいい」

「そ、そうですね」

ノミくんはちょっとびくついていいました。

「がんこなやつだからね、万力《まんりき》のおっさんは。がんばってね」

ネジマワシの父ちゃんはいいました。

「そうですね。じゃ、ぼく、いかなきゃ。さよなら」

ノミくんはいそいそと、歩きだしました。

「い、い、い、がんがってね」

ネジマワシの娘《むすめ》は手をふりました。

駄菓子屋《だがしや》で、ネジマワシの娘《むすめ》は綿菓子《わたがし》を買ってもらい、父ちゃんはラムネを一本買いました。それから、ふたりはのんびりとちんどん屋《や》の行列《ぎょうれつ》を見物《けんぶつ》しながら、マキジャク探偵事務所《たんていじむしょ》の前でひと休みしました。

「ちんどん屋《や》、かっこいいね、父ちゃん」

「うん、たいしたもんだね」

見ているうちに、お客《きゃく》がひとり、ふたりと、マキジャク探偵事務所《たんていじむしょ》のベルを鳴らして、はいっていきました。

ネジマワシの娘《むすめ》が綿菓子《わたがし》を食べおわると、父ちゃんはいいました。

「さあ、今度《こんど》はどこへいくか」

「今度《こんど》は、橋《はし》」

そこで、ふたりは、ラムネのびんをかえして、綿菓子《わたがし》の棒《ぼう》をすて、橋《はし》のほうに引きかえしていきました。

赤いそり橋《ばし》のまん中にくると、しばらく立ちどまって、流《なが》れていく川の水をながめました。

「子どものころ、父ちゃんはよくおもちゃの船をつくって、この川にうかべたんだよ」

ネジマワシの父ちゃんはいいました。

「あたしも、船がほしい」

「そうだな。今度《こんど》つくってやろう」

ふたりは橋《はし》をわたりきると、川岸《かわぎし》にそって歩きはじめました。ここは、町中《まちなか》とくらべると、とてもしずかです。

ふたりは、のみの市《いち》の会場の前を通りかかりました。今日は火曜日なので、しずまりかえっています。

しばらくいくと、川のそばに、小さな古ぼけた家がたっていました。ポーチのゆり椅子《いす》に、滑車《かっしゃ》のおじいちゃんがすわっています。ネジマワシの親子を見ると、おじいちゃんはどなりました。

「とりかじ！　船首《せんしゅ》を左にむけるんだ　全員《ぜんいん》なわを引け！」

「や、滑車《かっしゃ》のおじいちゃん」

ネジマワシの父ちゃんはいいました。

「ふたりで船旅《ふなたび》かね。元気かい」

滑車《かっしゃ》のおじいちゃんはいたずらっぽくわらいました。

「ああ、元気だよ。おじいちゃんは？」

「ぴんぴんしてるよ。新米《しんまい》の船乗《ふなの》りだったころ以来《いらい》の好調《こうちょう》さだよ」

「おじいちゃん、船に乗《の》ったの？」

「ああ、乗《の》ったとも。帆《ほ》をあげるのが、わしの役目《やくめ》だった。そのころのわしは、腕自慢《うでじまん》の若者《わかもの》だったよ」

「海の話、聞きたい」

ネジマワシの娘《むすめ》はせがみました。

すると、父ちゃんはいいました。

「今度《こんど》、聞かせてもらおう。今日は、ほら、もう日がくれてきただろう？」

「つまんないな」

ネジマワシの娘《むすめ》はいいました。

「よしよし。いいものをやろう」

滑車《かっしゃ》のおじいちゃんは、小さな木彫《きぼ》りの船をさしだしました。

「今日つくったばかりさ。なかなかいいだろう？」

ネジマワシの娘《むすめ》は、目をまんまるくしながら、小さな船をうけとりました。ネジマワシの父ちゃんも近づいて、感心《かんしん》して船をながめました。

「すごいね、これ。よくできてるね」

「もう百そう以上《いじょう》つくったからね。今度《こんど》、裏《うら》の川に、うかべて走らせよう」

「わーい！　どうもありがとう、おじいちゃん！」

ネジマワシの娘《むすめ》は、ぴょんぴょんはねてさけびました。

滑車《かっしゃ》のおじいちゃんは、にこにこして、ネジマワシの娘《むすめ》の頭をなでました。それから、いきなり遠くを指《ゆび》さすと、どなりました。

「総員甲板《そういんかんぱん》へ！　いかりをあげろ！　おもかじいっぱい！　船首《せんしゅ》を右にむけるんだ！　また会う日まで！」

「ありがとう！　さようなら！」

ネジマワシの親子は、何度《なんど》もふりむいて、手をふりました。

4

小《こ》刀《がたな》十《じゅう》五《ご》郎《ろう》に ご用心

その見知らぬ男がおがくず町《まち》にやってきたのは、つめたい雨のふる、晩夏《ばんか》の夕暮《ゆうぐ》れでした。

男は、さやを深々《ふかぶか》とかぶり、雨に打《う》たれながら、もくもくと歩いてきました。その姿《すがた》に気づくと、町の人々《ひとびと》は急《いそ》いで家にはいって、ドアや窓《まど》をしめました。

「ネギちゃん、こわい人がきたね」

ネギマワシの娘《むすめ》は、カーテンのすきまからのぞきながら、腕《うで》にだいたネジにささやきました。

男は、わきめもふらずに人けのない住宅街《じゅうたくがい》をまっすぐすすみ、旅館《りょかん》「道具箱《どうぐばこ》」の前までくると立ちどまりました。旅館《りょかん》は、たった今、あわてて戸締《とじ》まりをした

ところです。

男は、ドンドンと門をたたきました。

「もし。だれかおらぬか」

しばらくしてから、門の近くの小さな窓《まど》が三センチぐらいあいて、旅館《りょかん》のおかみさんの金属《きんぞく》ブラシさんがのぞきました。頭の針金《はりがね》が、ぶるぶるふるえています。

「どなたですか」

「小刀十五郎《こがたなじゅうごろう》と申《もう》す」

「こ、小刀《こがたな》、十五郎《じゅうごろう》さまですか」

「さよう」

「あの、申《もう》し訳《わけ》ないけど、うちは今日満室《まんしつ》で、お泊《と》めすることができません」

おかみさんはびくびくしながらいいました。

「さようか。では、ごめん」

旅館《りょかん》の窓《まど》は、ピシッとしまりました。

もう、あたりはまっ暗《くら》です。

十五郎《じゅうごろう》は、旅館《りょかん》の前の道で、しばらく雨に打《う》たれて立っていましたが、やがて、きた道を引きかえしていきました。

橋《はし》まできたとき、むこうからだれかがやってくるのが見えました。

橋《はし》の下の仕事《しごと》をおわらせて引きあげるハケさんです。

「もし」

と、十五郎《じゅうごろう》は声をかけました。

「おぬしはこの町の者《もの》か」

ハケさんは立ちどまって、かついでいたはしごをおろすと、ぬれた毛を顔からはらいのけました。

「ええ、わたしはこの町の絵描《えか》きだけど、あなたはだれ?」

「拙者《せっしゃ》は、旅《たび》の浪人《ろうにん》、名のるほどの者《もの》ではない。一夜《いちや》の宿《やど》をさがしているのだが……」

「あら、こんな雨の中、たいへんね。わたしは今ちょうど、トンカチくんの家にいくとこだけど、泊《と》めてくれるかもしれないわ。いっしょにいかない？」

そのとき、むこうからトンカチくんがトントン急《いそ》ぎ足《あし》でやってきました。

「や、ハケさん。さがしてたんだよ」

トンカチくんは、ハアハアいいました。

「町にふしんなやつがいるって聞いたから、むかえに……」

そのとき、トンカチくんは、十五郎《じゅうごろう》のようすに気づいて、急《きゅう》に言葉《ことば》を切りました。

「あのね、この人、雨にふられて、泊《と》まるところがなくてこまっているのよ」

ハケさんはいいました。

「だから、わたし、トンカチくんの家にいこうとさそっていたところなの」

「そうか」

トンカチくんは、十五郎《じゅうごろう》をもう一度《いちど》ちらりと見てからいいました。

「じゃ、とにかく、ぼくの家にきてもらうか。そして、晩《ばん》ご飯《はん》を食べよう」

「かたじけない」

十五郎《じゅうごろう》は頭をさげていいました。


「きみの名はほんとうに、小刀十五郎《こがたなじゅうごろう》っていうの？」

晩《ばん》ご飯《はん》のうどんのしたくをしながら、トンカチくんはいいました。

「うむ。残念《ざんねん》ながら」

「いい名前じゃない。なぜ残念《ざんねん》なの？」

流《なが》し台《だい》でペンキだらけの頭をあらっているハケさんはききました。

「あのはやり歌のせいで、みな、拙者《せっしゃ》がくせ者《もの》だとかんちがいするのだ」

「ああ、あの『小刀十五郎《こがたなじゅうごろう》に用心しな』って曲《きょく》ね。だけど、あれはただの歌で、あなたには関係《かんけい》ないでしょ？」

「さよう。しかしながら、このふうぼうだ。あの歌がはやってからは、仕事《しごと》にも就《つ》けず、旅《たび》から旅《たび》の旅《たび》がらす」

「まあ、かわいそう！」

ハケさんは、タオルで頭をつつみながらいいました。

「どれ、そのふうぼうをちょっと見せてみな」

トンカチくんは麺棒《めんぼう》をおいていいました。

「どうせ、ご飯《はん》を食べるためには、さやをぬがなきゃいけないだろ？」

十五郎《じゅうごろう》は、深《ふか》いため息《いき》をつきましたが、両手《りょうて》でさやをつかみ、ぐっとおしあげて、ぬぎました。

「わっ！」

トンカチくんとハケさんは、思わず声をあげて、一歩後ろに

さがりました。ぴかぴか光っているするどい顔の十五郎《じゅうごろう》は、手にさやをもったまま、下をむいて立っています。

トンカチくんはあわてていいました。

「いいじゃないか。なかなかりっぱな顔だよ」

「そうよ」

ハケさんもいいました。

「それだけ研《と》いでいれば、なかなかいい仕事《しごと》ができるはず」

「よし。ご飯《はん》を食べたら、職《しょく》さがしの相談《そうだん》をしよう。きっと、きみにぴったりの仕事《しごと》が、この町で見つかるさ」

ご飯《はん》がすんでから、トンカチくんは友だちのネジマワシくんを呼《よ》んで、みんなで相談《そうだん》をはじめました。

「材木問屋《ざいもくどんや》が、やとってくれるんじゃないかな」

ネジマワシくんは、十五郎《じゅうごろう》のほうをなるべく見ないで、いいました。
「そうだね」
トンカチくんはうなずきました。
「いい案《あん》だ。そこがだめなら、道路工事《どうろこうじ》もいいかもしれない」
「わたし、八百屋《やおや》さんもいいんじゃないかと思うの」
と、ハケさん。
そのとき、あいた窓《まど》の外から、調子《ちょうし》っぱずれの歌声が聞こえてきました。
「小刀十五郎《こがたなじゅうごろう》に用心しな
こわいぞ、こわいぞ、気をつけな
酒屋《さかや》の樽《たる》ぞうじいさんが
月のない晩《ばん》に　でかけたら
神社《じんじゃ》のうらで　きらりバサッ！」
町長《ちょうちょう》のつ、ち、どんの息子《むすこ》の小《こ》づちとその子分《こぶん》たちです。

「うるさいっ！」

トンカチくんは窓辺《まどべ》にいっていいました。

「どっかにいってしまいな。こっちでだいじな話をしているんだから」

「あいつにどんな仕事《しごと》がお似合《にあ》いか、おれ、知ってるぜ」

小《こ》づちはいじわるそうにいいました。

「辻斬《つじぎ》りだ。あはは」

「強盗殺人《ごうとうさつじん》だ。ははは」

ひとりの子分《こぶん》がいいました。

「きゃあ、こわい！」

もうひとりの子分《こぶん》が、かん高い声で

いいました。

「こら。やめないと、ぶったたくぞ!」

トンカチくんはどなりました。

「そんなことしたら、父さんにいいつけるから」

小《こ》づちはいいました。

トンカチくんは、雨戸《あまど》をピシャリとしめました。


つぎの日、トンカチくんは、材木問屋《ざいもくどんや》の丸のこどんのところに、十五郎《じゅうごろう》のことをたのみにいきました。丸のこどんは、しばらくやとってみようといいました。

十五郎《じゅうごろう》は、材木問屋《ざいもくどんや》で、二日間はたらきましたが、三日目の朝は、もう仕事《しごと》にいこうとはしません。

「遅《おく》れるよ」

トンカチくんは、注意《ちゅうい》しました。

十五郎《じゅうごろう》は、暗《くら》い顔をして、だまってすわっています。

「なんか、こまったことでもあるのかい？」

トンカチくんはききました。

「ひまをだされた」

十五郎《じゅうごろう》は、ぶすりといいました。

「どういうことかな？」

トンカチくんはききましたが、もう十五郎《じゅうごろう》は口をきこうとはしません。


「あいつは使《つか》えねえ」

トンカチくんがわけを聞きにいくと、丸のこどんはいいました。

「変《へん》な切り方をするんだよ。ちびちびけずったりしてさ。それで『美《うつく》しい』とつぶやいたりするんだ。注意《ちゅうい》しても聞かない。まったくがんこなやつだ。だいたい、あやしいじゃないか、あいつ。どこからきたかもわからないし、あの変《へん》なしゃべり方とか名前とかは、いったいなんなんだい。きみも、家に泊《と》めてるけど、気をつけたほうがいいよ」

つぎの日、ハケさんは八百屋《やおや》の植木《うえき》バサミさんに、十五郎《じゅうごろう》のことを話しにいきました。植木《うえき》バサミさんは、ためしに、二、三日やとってみるといってくれました。

が、これもだめでした。

「売《う》り物《もの》の野菜《やさい》を、めちゃくちゃな形に切って、ひとりでうっとりとながめてる

のよ。せっかくの野菜《やさい》が台無《だいな》しさ。それに、いつもぶすっとしているから、お客《きゃく》がこなくなったわ」

植木《うえき》バサミさんは、十五郎《じゅうごろう》をくびにしたわけを、ハケさんに話しつづけました。

「あの人、ほんとうに、歌の小《こ》刀十五郎《がたなじゅうごろう》かもしれないじゃない。背《せ》をむけたら、なにをするかわかったもんじゃない。あんたも気をつけたほうがいいわ」

八百屋《やおや》からがっかりして帰ってくるとき、ハケさんは、トンカチくんの家から
こっそりでてくる、ふたつの人影《ひとかげ》を見かけました。
「ちょっと、あんたたち！」
ハケさんは声をかけながら追《お》いかけましたが、ふたつのあやしい人影《ひとかげ》はすごい
スピードで走って逃《に》げました。ハケさんは追《お》いつけません。でも、その後《うし》ろ姿《すがた》が、

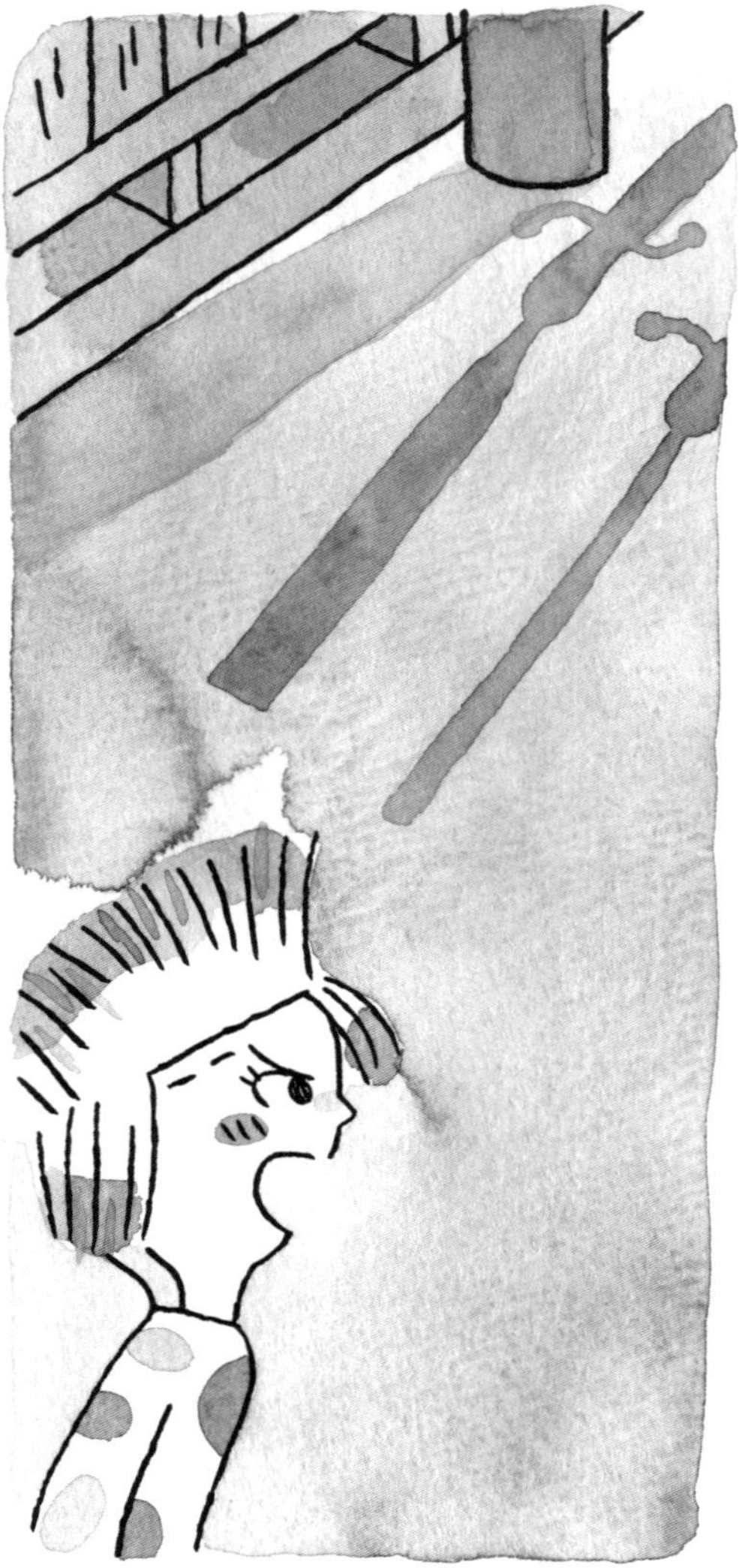

このごろ万力《まんりき》のおっさんの家にいそうろうしているやすり兄弟《きょうだい》に似《に》ているなと思いました。

その日、十五郎《じゅうごろう》はさやもかぶらずに町をでて、一日じゅうどこかをふらふら歩いていましたが、暗《くら》くなるころに、トンカチくんの家に帰ってきました。

「や、帰ってきたね。心配《しんぱい》していたよ」

トンカチくんはいいました。

「さあ、ハケさんもきてることだし、晩《ばん》ご飯《はん》にしよう」

ところが、みんながまだテーブルにつかないうちに、ドアをドンドンとたたく者《もの》がありました。ハケさんはドアをあけました。

「どいた、どいた」

とどなりながら、ペンチ警官《けいかん》が、助手《じょしゅ》をふたりつれて、どしどしとはいってきました。

「小刀十五郎《こがたなじゅうごろう》。おまえをスリの罪《つみ》で逮捕《たいほ》する」

「ちょっと待《ま》ってください」

トンカチくんはあわてていいました。

「なにかのまちがいじゃないですか」

「いや、目撃者《もくげきしゃ》が三人もいる。きみの家でも、なにかなくなっていないか、たしかめたほうがいいぞ。さあ、引ったてるぞ」

「はっ！」

ふたりの助手《じょしゅ》は、十五郎《じゅうごろう》の両側《りょうがわ》から腕《うで》をつかんで、ドアのほうへ歩きはじめました。

「心配《しんぱい》するな、十五郎《じゅうごろう》」

トンカチくんは後ろから呼《よ》びかけました。

「ぼくたちが、なんとかして、きみを助《たす》けるから」

「そうよ。きっとだいじょうぶだから、しっかりして」

ハケさんもいいました。

そして、あっというまに、十五郎《じゅうごろう》はつれていかれました。

「ひどいよ。どうしたらいいんだ」

トンカチくんは、いいました。

「そうだわ」

ハケさんは、くやし涙《なみだ》をふいて、いいました。

「マキジャクくんに、相談《そうだん》しよう」

「そうだ、名探偵《めいたんてい》の出番だよ」

トンカチくんはハケさんの手をつかんで、いっしょに家を飛《と》びだしていきました。

5

怒《おこ》りだした
万《まん》力《りき》のおっさん

マキジャクくんは、事件簿《じけんぼ》をしまい、つくえの上のものをせいとんしました。

それから、窓辺《まどべ》にいって、しばらく商店街《しょうてんがい》のようすを上からながめました。

どこにでもある、小さな町の夕方の光景《こうけい》です。

いそいそと晩《ばん》ご飯《はん》の買《か》い物《もの》をする人もいれば、仕事《しごと》の帰りに、道で立ち話をする人もいます。

何人かの子どもたちが、道ばたで、おがくずをかき集《あつ》めて遊《あそ》んでいます。

ちんどん屋《や》の若者《わかもの》たちは、もうとっくに給料《きゅうりょう》をもらって帰ってしまいましたが、商店街《しょうてんがい》はまだしずかになりません。広場のむこうで、やすり兄弟《きょうだい》が、メガホンをもって、「安全《あんぜん》と美化《びか》」と書いた看板《かんばん》の前に立って、演説《えんぜつ》をしているからです。

「うるさいな」

マキジャクくんは、ぶつぶついいました。

「このばかばかしい演説《えんぜつ》にはうんざりだ。それに、なんなんだよ、いそうろうのくせして、えらそうに選挙運動《せんきょうんどう》なんかして」

キンコンカンコンと、五時の鐘《かね》が鳴りはじめました。

八月末《がつすえ》なので、日暮《ひぐ》れまで、まだ二時間ぐらいはあるのですが、子どもたちは残念《ざんねん》そうに立ちあがって、おがくずをポケットにおしこみはじめました。

とつぜん、キーッという音がして、カンナさんが、ものすご

いスピードで、商店街《しょうてんがい》の角《かど》をまがってきました。

「早くどいてよ、みんな」

カンナさんはさけびました。

道のまん中で立ち話をしていた人たちは、あわてて歩道《ほどう》によけました。

びゅーんと、カンナさんが通りすぎて、そのあと、子どもたちは道に飛《と》びだして、くるりと巻《ま》いたかんなくずをひろいました。

「ぼく、すごいのをひろったよ」

「わたしのがいちばん長い」

「カンナさん、かっこいい！」

子どもたちは、口々《くちぐち》にいうと、かんなくずをもって、それぞれの家へと、走っていきました。

広場のむこうで、急《きゅう》ブレーキをかける音がしました。見ると、カンナさんが、「安全《あんぜん》と美化《びか》」の看板《かんばん》の前にとまって、やすり兄弟《きょうだい》を乗《の》せるところでした。それから、またすごいスピードでいってしまいました。

「こんなときに、ペンチ警官《けいかん》はどこにいるんだ」

マキジャクくんは、怒《おこ》っていいました。

「スピード違反《いはん》もはなはだしい」

それから、ため息《いき》をついて、カーテンをしめました。

「ちんどん屋《や》をやとってから、仕事《しごと》はたしかにふえたよ」

ひとりごとをいいました。

「だけど、お客《きゃく》はみんな、なくしたナットや消《き》えたボルトを見つけてほしいという程度《ていど》のことしかたのまない。いっそのこと、看板《かんばん》に、『私立探偵《しりつたんてい》』じゃなくて、『落《お》とし物《もの》がかり』と書いたほうがよかった気がする」

ところが、マキジャクくんが事務所《じむしょ》をでようとしたとき、一階《いっかい》から階段《かいだん》をかけあがってくる足音が聞こえました。

「この足音はまちがいなく、トンカチくんとハケさんだな」

マキジャクくんは、するどい目つきになって、いいました。

「しかも、あせったようなのぼり方からすると、どうやら、本物《ほんもの》の事件《じけん》をたのみにきたらしい」

急《きゅう》に元気がでてきたマキジャクくんは、いきおいよく、ドアをあけました。


その日の昼すぎ、下町《したまち》では、ふたりのいそうろうのふるまいにこまりはてた万《まん》力《りき》のおっさんが、ついに重《おも》い腰《こし》をあげて、警察署《けいさつしょ》にうったえでる決心《けっしん》をしていました。子どもたちの助《たす》けで、やっとのことで家の入り口までいって、長らく通ったことのない玄関《げんかん》をでました。

玄関《げんかん》の前では、近所《きんじょ》の人たちが待《ま》っていました。みんなで「よいしょ、よいしょ」と、万力《まんりき》のおっさんを巨大《きょだい》なリヤカーに乗《の》せました。

「おい、ろくろくん。準備《じゅんび》はばんたんととのったぞ」

となりからきてくれたノミくんは、どなりました。

「よしきた」

むこうの角《かど》で待機《たいき》していた巻《ま》き上げろくろくんは、リヤカーにとりつけたくさりを巻《ま》き上げて、引っぱりはじめました。

リヤカーに乗《の》った万力《まんりき》のおっさんは、下町《したまち》の通りのまん中を、ゆっくりゆっくり進《すす》みはじめました。

そのどうどうたるようすに、近所《きんじょ》の人たちは手をたたいて、さけびました。

「ばんざい！」

「すごいぞ！」

「万力《まんりき》くん、がんばれ」

万力《まんりき》のおっさんは、ふりむいて、子どもたちにいいました。

「さあ、父ちゃんはいってくるぞ。母ちゃんが帰ってきたら、おれは泳《およ》ぎにいったとでもいいいな」

「うん、わかったよ、父ちゃん」

ところが、警察署《けいさつしょ》では、ことはうまく運《はこ》びませんでした。ペンチ警官《けいかん》は万力《まんりき》のおっさんの話を本気にしないのです。

「きみがうったえを起《お》こすとは、おかしいな」

ペンチ警官《けいかん》は大きな声でわらいました。

「夫婦《ふうふ》げんかして人さまに迷惑《めいわく》をかけているのは、いつもきみのほうじゃないか。そんなきみたちとちがって、やすり兄弟《きょうだい》はなかなかりっぱな人物《じんぶつ》だ」

「りっぱな人物《じんぶつ》なもんか！」

万力《まんりき》のおっさんは、つばを飛《と》ばしてどなりました。

「家賃《やちん》ははらったことがないわ、失礼《しつれい》な口のきき方はするわ。それに、おれの家をめちゃくちゃにしてるんだぞ。毎朝起《お》きてみると、あっちこっちすりへっているんだ。このままじゃ、家がくずれてしまう。しかも、いろんなものがなくなっている」

「きみの家がくずれおちそうなのは、もともとだ。なくなったものは、きみの子どもらがどこかにもっていったんじゃないか。やすり兄弟《きょうだい》はね、今度《こんど》の選挙《せんきょ》に立候補《りっこうほ》するんだよ。まともじゃなかったら、そんなことできるか？　それに、町長《ちょうちょう》とも仲《なか》がいいらしい。うったえるだけ、むだだよ」

「選挙《せんきょ》？」

万力《まんりき》のおっさんは、あっけにとられて、いいました。

「なにも知らないのか。町議会議員《ちょうぎかいぎいん》の座《ざ》をめざして、『安全《あんぜん》と美化党《びかとう》』をつくって、あのふたりは広場のむこうで毎日演説《えんぜつ》をしてる。ほら、ビラがあるよ。おい、ろくろくん。こいつをとっとと引っぱりだしてくれよ」

万力《まんりき》のおっさんはおどろきのあまり、言葉《ことば》もでません。ろくろくんに外へ引きだされてからも、わたされたビラをながめて、しばらくがっくりしていました。けれども、とうとう、顔をあげて、決心《けっしん》したようにいいました。

「ろくろくん、悪《わる》いけど、マキジャクくんの事務所《じむしょ》まで、いってくれないか」

「よしきた」

万力《まんりき》のおっさんが探偵事務所《たんていじむしょ》の前にくると、マキジャクくんとトンカチくんとハケさんが、話をしながら、道にでてきたところでした。

「むこうには証人《しょうにん》が三人もいるというから、こっちも、なんかの証拠《しょうこ》をつかまないとね」

マキジャクくんは、トンカチくんにいいました。

「あした、きみの家にいって、さがしてもいいかな」

「もちろん、いいよ」

トンカチくんはいいました。それから、頭をふりました。

「小刀《こがたな》くんはたしかにかわったやつだけど、犯罪者《はんざいしゃ》なんかじゃない。なんとかして、うたがいをはらしてやりたいんだ」

「心配《しんぱい》するな。ぼくがきっとなんとかする」

マキジャクくんはいいました。

そのときハケさんは、打《う》ちひしがれたようすでそばで待《ま》っている万力《まんりき》のおっさんに気づいて、声をかけました。

「あれ？　おじさん、いったいどうしたの？」

すると、万力《まんりき》のおっさんはうなりました。

「ひどいんだよ」

そして、この数日間のことや、警察署《けいさつしょ》でのできごとを話しました。

「どうもあいつらはくさい」

話を聞きおわると、マキジャククんは怒《いか》りで顔を赤くしていいました。

「はじめからあいつら好《す》きじゃなかったんだ。そのビラをちょっとかりてもいいかい。どんなインチキなことが書いてあるか、見てみたいんだ」

それから、マキジャククんは急《きゅう》にわらいはじめました。

「こんなにながいあいだ、ほんとうの事件《じけん》がひとつも起《お》こらなかったのに、一日のうちに、ふたつも発生《はっせい》するとは、すごいぞ。みなさん、ご心配《しんぱい》なく。この私立《しりつ》探偵《たんてい》マキジャクが、すべてをきれいに解決《かいけつ》してみせますから。では、失礼《しつれい》！」

そういって、マキジャククんは、ビラをもって、戸締《とじ》まりしたばかりの探偵事《たんていじ》務所《むしょ》にもどっていきました。


つぎの朝早く、マキジャククんは、ふんがいして、どしどしとトンカチくんの家にかけこんできました。

「やあ、おはよう」

トンカチくんは、皿洗《さらあら》いの手をとめていいました。

「これはめちゃくちゃだよ」

マキジャクくんは、「安全《あんぜん》と美化党《びかとう》」のビラをトンカチくんの顔の前でふって、いいました。

「そうかい？　なんて書いてあるの？」

トンカチくんはききました。

「おもてには大きな文字で、町を安全《あんぜん》にするとか、美《うつく》しくするとか、そんなことばかり書いてあるけど、裏《うら》に書いてある小さな文字を読むと、ひどいんだよ。あいつらはとんでもないことをたくらんでいる。たとえば、下町《したまち》はめざわりだから、家をみんなとりこわすと書いてある」

「ひどいな」

トンカチくんはびっくりしていいました。

「ひどいだろう？　それから、老人《ろうじん》ホームを閉鎖《へいさ》して、かわりに議員《ぎいん》のためのリゾート施設《しせつ》をつくる、ってさ」

「とんでもないやつらだな」

「ほら、こんなことも書いてある」

マキジャクくんは、ビラを指《ゆび》さしていいました。

「『耳ざわりな音楽もこれまで。バンドもオーケストラも解散《かいさん》させて、平和《へいわ》な町づくり』『おがくず町《まち》に大きな大砲《たいほう》を設置《せっち》し、強い町をつくろう』」

トンカチくんは、ふきだしました。

「あはは。心配《しんぱい》しなくてもいいよ。みんなにこのビラの裏《うら》を見せればいいんだ。あいつらが当選《とうせん》するわけがない。それより、小刀《こがたな》くんのことはどうしよう」

「そうだったな」

マキジャクくんは、深呼吸《しんこきゅう》をして、気分を落《お》ちつかせました。

「ハケさんがね、きのうここへくるとき、ふたつのあやしい人影《ひとかげ》がこの家からでてくるのを見たといっているんだけど」

トンカチくんはいいました。

「ほんとうかい。顔は見たのか」

「いや、声をかけて、追《お》いかけたけど、逃《に》げられたんだって。だけど、どうもその後《うし》ろ姿《すがた》はやすり兄弟《きょうだい》に似《に》ていたっていうんだ」

「ふむ。証拠《しょうこ》にはならないけど、たしかにおもしろいぞ」

マキジャクくんはそういうと、すみにおいてある十五郎《じゅうごろう》のさやに気がつきました。

「へえ、小刀《こがたな》くんは、さやをおいていったのか。ちょっと見せてもらうよ」

十五郎《じゅうごろう》のさやを虫めがねで念入《ねんい》りにしらべてから、マキジャクくんは、さやをかざして見ました。

「ちょっと、このさや、気になるな。刀はこんなぎざぎざの跡《あと》を残《のこ》さないはずだが……」

マキジャクくんは、部屋《へや》を見まわしました。

「この壁《かべ》にも、似《に》たような跡《あと》があるな」

そのとき、となりの家でノコギリくんのバンドの練習《れんしゅう》がはじまりました。

ギコギコ　ドンドン　ジャンジャカジャン。

トンカチくんは、窓《まど》をしめにいきました。すると、棚《たな》の上のくぎが、ぐらぐらっと、ぐらつきました。

「ちょっと待《ま》って、トンカチくん」

マキジャクくんはいいました。

「きみのそのくぎたちは、音楽を聞くと動《うご》きだすんだったな」

「そうだよ。おどりが好《す》きなんだ」

トンカチくんはいいました。

「ぼく、あることを思いついたんだ。ちょっとためしてみな

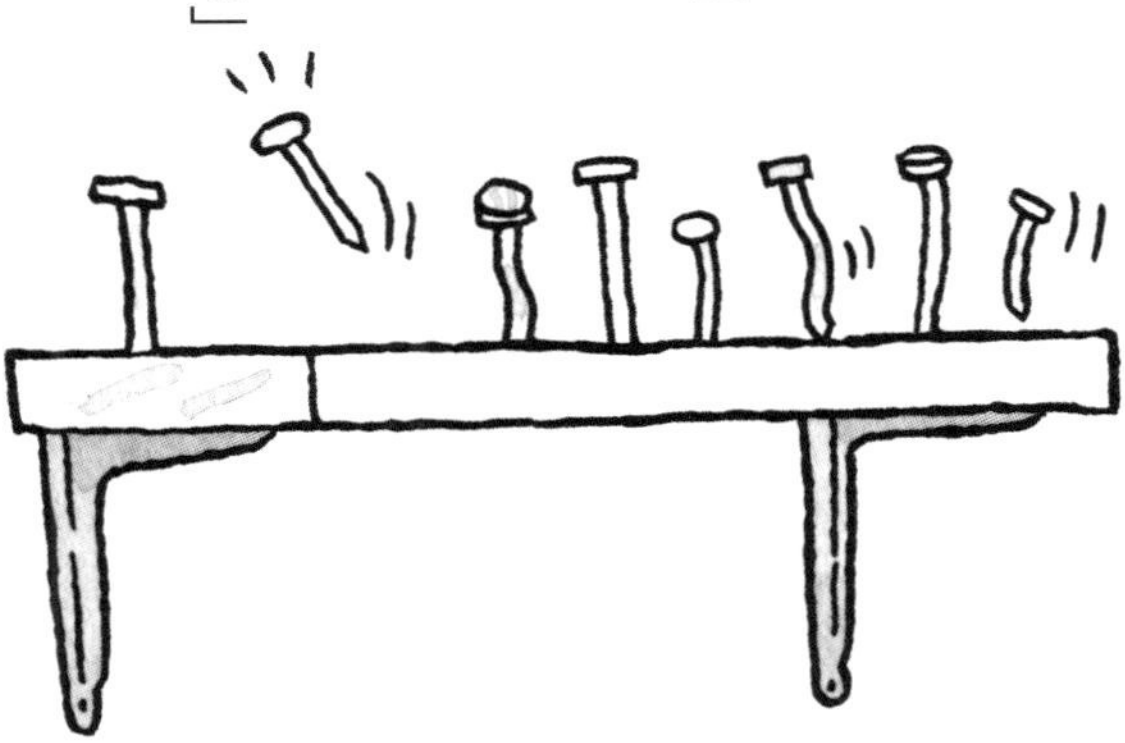

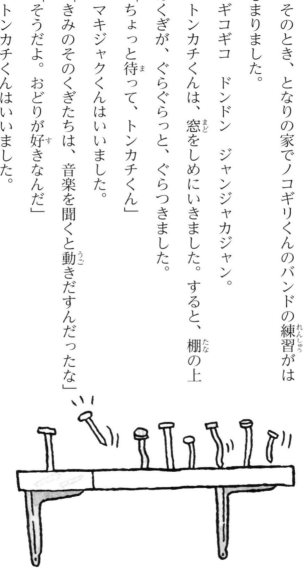

きゃわからないけど。そうだ。きみはとなりにいって、ノコギリくんに、きのう何時に練習《れんしゅう》したか、それから、どの曲《きょく》をひいたか、きいてきてくれ。ついでに、その曲《きょく》を今、ひいてもらってくれるかな」

マキジャククんがたのみました。

「よし」

トンカチくんは、みょうに興奮《こうふん》して、大急《おおいそ》ぎでノコギリくんの家に走っていきました。

6

十八本のくぎ、大《だい》活《かつ》躍《やく》

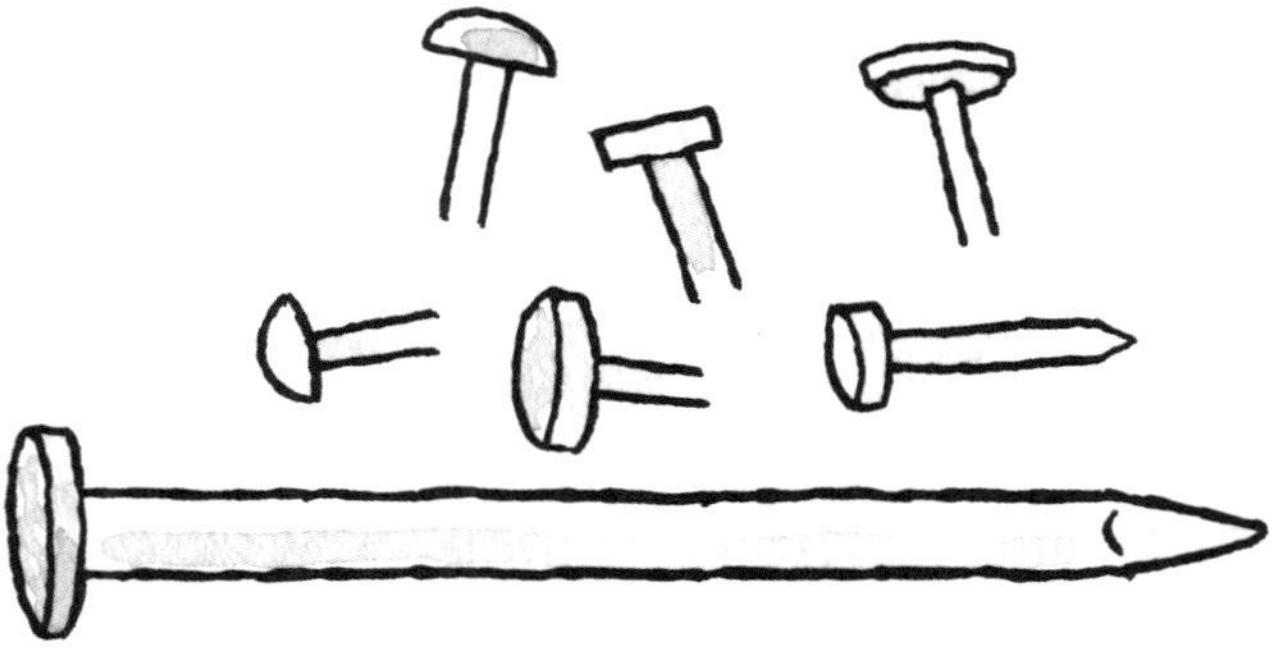

金曜日の朝、おがくず町《まち》の裁判所《さいばんしょ》に、町じゅうの道具《どうぐ》が集《あつ》まりました。

小刀十五郎《こがたなじゅうごろう》は、頭をたれて、被告人《ひこくにん》のベンチにすわっていました。となりにマキジャクくん、トンカチくんにハケさんがすわっています。トンカチくんは、大きなかばんをかかえています。

検察側《けんさつがわ》のベンチには、ペンチ警官《けいかん》と三人の証人《しょうにん》。

傍聴席《ぼうちょうせき》のいちばん前の列《れつ》に、やすり兄弟《きょうだい》が、「安全《あんぜん》と美化《びか》」と書いたはちまきをして、にやにやしながら部屋《へや》を見まわしてすわっています。

まん前の大きな椅子《いす》に町長《ちょうちょう》のつちどんがすわり、その横《よこ》に、天びんさんがいます。

「えへん」

つちどんが、せきばらいをしました。

法廷《ほうてい》は、しずかになりました。

「これから、小刀十五郎《こがたなじゅうごろう》の裁判《さいばん》をはじめます」

すると、法廷《ほうてい》の後ろのすみで、だれかが小声で歌いだしました。

**「小刀十五郎《こがたなじゅうごろう》に用心しな
こわいぞ、こわいぞ、気をつけな」**

「こら」

つちどんは、どなりました。

「子どもは今すぐ外にでなさい」

小《こ》づちとふたりの子分《こぶん》は、かくれていた椅子《いす》の後ろからでてくると、しぶしぶと法廷《ほうてい》からでていきました。

「さて、ペンチくん。被告人《ひこくにん》がどの

ような罪《つみ》にとわれているのか、説明《せつめい》してください」

ペンチ警官《けいかん》は立ちあがりました。

「スリです。今週の水曜日の午後、三人の被害者《ひがいしゃ》が、のみの市《いち》で財布《さいふ》をとられました。しかも、三人とも、その場を逃《に》げていく、小刀十五郎《こがたなじゅうごろう》を見たと、証言《しょうげん》しています」

法廷《ほうてい》の中がざわざわとなりました。

「せいしゅくに」

つちどんはどなりました。

「では、最初《さいしょ》の証人《しょうにん》を呼《よ》びなさい」

旅館《りょかん》のおかみさんの金属《きんぞく》ブラシさんが立ちました。

「きみは、今週の水曜日、のみの市《いち》で、財布《さいふ》をとられましたか？」

つちどんはききました。

「はい」

金属《きんぞく》ブラシさんは、きんちょうのあまり、ぷるぷるふるえています。

「そのとき、なにを見ましたか？」

「はい、変《へん》な感《かん》じがしましたからね、バッグの中を見たら財布《さいふ》がなくなっていました。それで、急《いそ》いでふりむいたらね、その人がいました」

金属《きんぞく》ブラシさんは小刀十五郎《こがたなじゅうごろう》を指《ゆび》さしました。

また、法廷《ほうてい》の中が、ざわざわとなりました。

つちどんが、天びんさんに合図《あいず》したので、天びんさんは、自分の左の皿《さら》に、小石をひとつ入れました。左の皿《さら》が下がりました。

残《のこ》りのふたりの証人《しょうにん》も呼《よ》ばれました。そして、彼《かれ》らの尋問《じんもん》がおわったときには、天びんさんの左《ひだり》

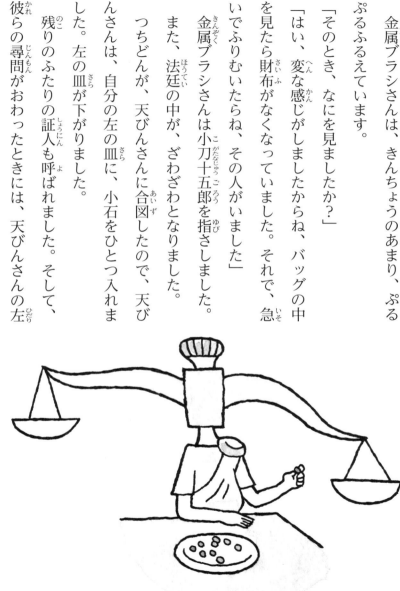

側《がわ》の皿《さら》に、小石が三つ、はいっていました。その皿《さら》が大きく下がっています。

「では、被告人《ひこくにん》に質問《しつもん》する」

小刀十五郎《こがたなじゅうごろう》は立ちあがりました。

「今週の水曜日の午後に、きみはどこにいましたか？」

「町をでて、さんぽを少々《しょうしょう》」

十五郎《じゅうごろう》は、神経質《しんけいしつ》そうに答えました。

「町をでて、さんぽか。そのとき、だれかに会いましたか？」

「いや」

十五郎《じゅうごろう》はいいました。

「アリバイはなしか」

つちどんはいいました。

天びんさんは、また、もうひとつの小石を、左の皿《さら》に入れました。

「では、弁護人《べんごにん》マキジャクに質問《しつもん》する」

つちどんがいうと、マキジャククくんは立ちました。

「きみは、被告人《ひこくにん》の無罪《むざい》を主張《しゅちょう》していますが、それはなぜですか？」

「はい」

と、マキジャククくんはいいました。

「水曜日の午後、ハケさんがトンカチくんの家によったとき、ドアから不審《ふしん》な者《もの》がでていくのを目撃《もくげき》したそうです」

「して、それはだれでしたか？」

つちどんはききました。

ハケさんは立ちあがりました。

「顔は見ませんでしたけど、その後《うし》ろ姿《すがた》は、たしかに、やすり兄弟《きょうだい》に似《に》ていました」

傍聴席《ぼうちょうせき》で、大勢《おおぜい》の人が息《いき》をのむ音が聞こえました。

やすり兄弟《きょうだい》はすっくと立ちました。

「われわれは、まねかれずに人の家にはいったおぼえはありません」

丸型《まるがた》やすりがいいました。

「そうだ。安全《あんぜん》と美化《びか》をめざすわれわれは、この町の法律《ほうりつ》を尊重《そんちょう》しております」

平型《ひらがた》やすりがいいました。

「そうだ。ただひたすらみなさまのご一票《いっぴょう》をいただきたいと、願《ねが》っているばかりであります、はい」

「安全《あんぜん》と美化党《びかとう》のやすり兄弟《きょうだい》を、よろしくお願《ねが》いします！」

やすり兄弟《きょうだい》は、まんぞくそうに部屋《へや》を見まわすと、すわりました。

つちどんは、ちょっと考えてから、天びんさんにいいました。

「後ろ姿《うしろすがた》が似《に》ていたというだけでは、証拠《しょうこ》にならん。右の皿《さら》には小石を入れなくてもいい」

「しかし」

と、マキジャクくんはいいました。

「トンカチくんの家のあっちこっちに、すりへった跡《あと》が見つかっています。やすり兄弟《きょうだい》のすわっているあのベンチに残《のこ》されている跡《あと》とくらべれば、同じだということが判明《はんめい》するはずです」

「おれの家にも、そいつらの跡《あと》がいくらでもあるぞ」

法廷《ほうてい》の後ろのほうから、遅《おく》れて到着《とうちゃく》した万力《まんりき》のおっさんがどなりました。

「お、おまえさん！　どうやってここにきたの？」

火ばしのおかみさんは、おどろいてふりむきました。

「せいしゅくに！」

つちどんはどなりました。

ペンチ警官《けいかん》が立ちあがりました。

「かりにこのふたりがなにかのはずみでトンカチくんの家にはいったとしても、それは、この事件《じけん》となんの関係《かんけい》もないだろう」

「そうだね」

つちどんはいいました。

「被告側《ひこくがわ》の証人《しょうにん》はそれだけか」

「いいえ、まだいます」

マキジャクくんはそういうと、トンカチくんに合図《あいず》しました。トンカチくんは、かばんをもって、進《すす》みでました。台の上にかばんをおくと、ひらきました。十五郎《じゅうごろう》のさやも、台の上におきました。

「被告側《ひこくがわ》のつぎの証人《しょうにん》は、トンカチくんのくぎコレクションです」

マキジャクくんはいいました。

「ばかばかしい」

ペンチ警官《けいかん》はつばを飛《と》ばしていいました。

「話もできないくぎが、どうやって証人《しょうにん》に

なれるのか」

「どういうことだ?」

つちどんはききました。

すると、マキジャクくんは、バルコニーで待機《たいき》していたノコギリくんに合図《あいず》を送《おく》りました。バンドが、ノリのいい曲《きょく》を演奏《えんそう》しはじめました。

「さあ、よく見てください」

マキジャクくんは、あいたかばんを、指《ゆび》さしました。

くぎたちは、ぐらぐらしながら、つぎつぎに起《お》きあがりました。

つちどんも、ペンチ警官《けいかん》も、傍聴席《ぼうちょうせき》の道具《どうぐ》たちもみんな立ちあがって、なにが起《お》こっているのか、見ようとしました。

「どうぞ、みなさん。おかけください」

マキジャクくんはいいました。それから、くぎたちにむかって、質問《しつもん》しました。

「きみたちは、今週の水曜日の午後、なにをしていたのかい?」

すると、くぎたちはいっせいに腰《こし》をふって、おどりはじめました。ノコギリくんのバンドは、いよいよ調子《ちょうし》がでてきました。傍聴席《ぼうちょうせき》では、くすくすわらいだす者《もの》がいました。

マキジャククんはくぎたちにいいました。

「そうか、おどっていたのか。よくわかった。で、おどっているときに、なにを見たのか、説明《せつめい》してくれるかな？」

くぎたちは、おどりながら、一列《いちれつ》になって、台の上においてある、十五郎《じゅうごろう》のさやのところへいって、それをかつぎあげると、行進《こうしん》しはじめました。

マキジャククんは、うなずきました。

「トンカチくんの家におきっぱなしになっていた小刀十五郎《こがたなじゅうごろう》くんのさやが、動《うご》きだしたのか。いや、もっていかれたのか。なるほど。して、だれがもっていったんだろう」

すると、くぎたちは、さやをおいて、いっせいに台から飛《と》びおりて、やすり兄《きょう》弟《だい》のすわっているベンチにかけよりました。そして、ふたりの足をつかんで、リズムに合わせて、引いたりおしたりしはじめました。

「どういうことだ!」

つちどんはおどろいて、さけびました。

「こいつらが、十五郎《じゅうごろう》のさやをとったというのか?」

くぎたちは、いっせいにうなずきました。

「これでわかったぞ」

つちどんは、顔を赤くしてどなりました。

「このふたりのどっちかがさやをかぶって、スリをはたらいたあとで、トンカチくんの家にさやをもどしにいったんだな。そして、家からでていくところを、ハケさんが目撃《もくげき》したというわけだ。検察側《けんさつがわ》の証人《しょうにん》たちにきく。きみたちが見たのは、十五郎《じゅうごろう》ではなく、十五郎《じゅうごろう》のさやをかぶった、もっと背《せ》の高い者《もの》ではなかったのか」

証人《しょうにん》たちは、口をぽかんとあけて、たがいに顔を見あわせました。

「そういえば……」

金属《きんぞく》ブラシさんがぷるぷるしながら、いいました。

「よし、天びんさん。小石はみんな、右の皿《さら》に入れなさい」

つちどんはいいました。

すると、くぎたちも走っていって、台のあしをよじのぼったかとおもうと、みんな、天びんさんの右の皿《さら》に飛《と》びのったので、皿《さら》はすっかり下までさがりました。

トンカチくんとハケさんは、声を立ててわらいました。

「かしこいやつらだな」

トンカチくんは、ほこらしげにいいました。

バンドの演奏《えんそう》は盛大《せいだい》におわりました。

そのとき、キーッという音がしました。みんながふりむいて見ると、やすり兄《きょう》弟《だい》を乗《の》せたカンナさんが、法廷《ほうてい》のドアにむかって、すごいスピードで走っていくところでした。

「とまれ！」

つちどんはどなりました。

「わあ！　逃《に》げられる！」

道具《どうぐ》たちはいっせいにさけびました。

「そうはさせんぞ」

といったのは、ドアのまん前にでんとかまえた万力《まんりき》のおっさんでした。

「早く、どいてよ」

カンナさんはキンキン声でさけびました。でも、万力《まんりき》のおっさんは、どきませんでした。

「きゃーっ」

ガーン！

カンナさんは、万力《まんりき》のおっさんに、正面衝突《しょうめんしょうとつ》しました。

「いてっ！」

おっさんはうなりました。

あっというまに、三人の不届《ふとど》き者《もの》はつかまり、裁判官《さいばんかん》の前に引きだされました。

「こいつらが今度《こんど》の選挙《せんきょ》で当選《とうせん》したら、どうするつもりだったか、お話ししましょうか」

マキジャクくんは、つちどんにいうと、ビラをとりだして、裏面《うらめん》の文字を読みあげました。

「『下町《したまち》はめざわりだから、家をみんなとりこわす』『老人《ろうじん》ホームを閉鎖《へいさ》して、かわりに議員《ぎいん》のためのリゾート施設《しせつ》をつくる』、だって。それから、まだあるよ」

道具《どうぐ》たちはあぜんとして、顔を見あわせました。

すると、部屋《へや》の後ろのほうから、火ばしのおかみさんのかん高い声がひびきわたりました。

「下町《したまち》がめざわりだって？　いそうろうさせてやった我《わ》が家《や》をとりこわすだって？　とんでもないやつらだよ。どんな罰《ばつ》も、そいつらには軽《かる》すぎる。それにしても、おまえさんはかっこよかった！　今まで、いろいろ、ごめんよ」

そして、火ばしのおかみさんは万力《まんりき》のおっさんにだきつきました。

部屋《へや》じゅうの道具《どうぐ》たちはわらって、拍手《はくしゅ》しました。

「さて、犯人《はんにん》どもはどうしよう」

つちどんはいいました。

すると、やすり兄弟《きょうだい》は泣《な》きだしました。

「ぼくたちのせいじゃないんだよ」

丸型《まるがた》やすりはしゃくりあげました。

「そうだ。ぼくたちのおばあちゃんが病気《びょうき》で」

平型《ひらがた》やすりが鼻《はな》をかみかみ、いいました。

「死《し》にそうで」

「薬《くすり》も買えず」

「だから、ぼくたち」

「だまりなさい！」

つちどんはいいました。

「きみたちが、老人《ろうじん》をどのぐらい大切にしているか、このビラを読めばわかる。まあ、しかし、なにか、じじょうがあるかもしれない。それに、牢屋《ろうや》にだれかを入れると、こっちまで面倒《めんどう》がふえる。ふむ。猛《もう》スピードの彼女《かのじょ》とどっかへいくか？　よし。二度《にど》とこの町に舞《ま》いもどってくるな。さあ、いけ」

そして、今度《こんど》は、だれもカンナさんをとめませんでした。

三人がいってしまうと、トンカチくんは、台の上に飛《と》びのって、声をはりあげました。

「名探偵《めいたんてい》マキジャクくんにばんざい！」

「ばんざい！」

ほかの道具《どうぐ》たちもさけびました。

「さあ、これからみんなで、小刀《こがたな》くんをかこんで、町民《ちょうみん》センターでお祝《いわ》いの会をひらこう」

「賛成《さんせい》！」

トンカチくんはいいました。

「あの……ぼくも参加《さんか》してもいいかな」

トンカチくんのそばにきてそういったのは、きまり悪《わる》そうなペンチ警官《けいかん》でした。

「もちろん、いいよ」

トンカチくんはいいました。

「よし、盛大《せいだい》にやろう！」

7

十五郎《じゅうごろう》の就職《しゅうしょく》

その晩《ばん》、おがくず町《まち》の町民《ちょうみん》センターは遅《おそ》くまでにぎわいました。町じゅうの道具《どうぐ》たちが集《あつ》まって、みんなで裁判《さいばん》のことを話しあったり、ゲームをしたり、おいしいものを食べたりしました。町長《ちょうちょう》のつちどんは、マキジャクくんのお手柄《てがら》をほめたたえるスピーチをしました。

それからペンチ警官《けいかん》が立って、町の選挙《せんきょ》があるのに、立候補者《りっこうほしゃ》がふたりいなくなったので、かわりにマキジャクくんと万力《まんりき》のおっさんをすいせんするといいました。大きな拍手《はくしゅ》が起《お》こりました。

十五郎《じゅうごろう》は、この三日間、あまりにもいろいろな

ことがあったせいか、つかれた顔をして、しゃべろうともしません。ホールのかたすみにすわって、トンカチくんとハケさんが運《はこ》んでくるごちそうをちびちび食べるだけです。ほかの道具《どうぐ》がよってきて、握手《あくしゅ》したり背中《せなか》をたたいたりすると、下をむいて、きまり悪《わる》そうに「かたじけない」とつぶやきます。

ステージのほうから、ノコギリくんのアナウンスが聞こえてきました。

「ではみなさん、ご紹介《しょうかい》します。カラオケ喫茶《きっさ》の常連《じょうれん》なら、知らない者《もの》はない、のど自慢《じまん》の金属《きんぞく》ブラシさん。五年前に、地方ラジオのコンクールで、三位《さんい》にはいりましたね。その金属《きんぞく》ブラシさんが、小刀《こがたな》くんの潔白《けっぱく》が証明《しょうめい》されたことを祝《いわ》って、一曲《いっきょく》歌ってくれることになりました」

ノコギリくんは、赤いイブニングドレス姿《すがた》の金属《きんぞく》ブラシさんにマイクをわたすと、バンドのメンバーに合図《あいず》しました。音楽がはじまります。

ジャンジャカジャッカ

ジャンジャカジャッカ

ギーコギーコ　ドン　はい

「小刀十五郎《こがたなじゅうごろう》に用心しな
こわいぞ、こわいぞ、
気をつけな」

迫力《はくりょく》いっぱいの歌声が、部屋《へや》にひびきわたりました。強烈《きょうれつ》なビブラートの振動《しんどう》で、金属《きんぞく》ブラシさんの髪《かみ》の毛がはげしくふるえています。

道具《どうぐ》たちは、心配《しんぱい》そうに、たがいに顔を見あわせました。十《じゅう》五郎《ごろう》は、気を悪《わる》くしないでしょうか。

「酒屋《さかや》の樽《たる》ぞうじいさんが
月のない晩《ばん》に　でかけたら
神社《じんじゃ》のうらで　きらりバサッ！」

トンカチくんは気になって、十五郎《じゅうごろう》のいるすみっこをのぞきにいきました。十五郎《じゅうごろう》はちょっとにやにやしながら、足で拍子《ひょうし》をとっていました。べつに気を悪《わる》くしているようすはありません。それからとつぜんわらいだすと、びっくりしている道具《どうぐ》たちのあいだを、ステージまで大またに歩いていきました。

ジャンジャカジャッカ
ジャンジャカジャッカ
ギーコギーコ　ドン　はい

なにが起《お》こるんだろうと見ていると、ステージにのぼった十五郎《じゅうごろう》は金属《きんぞく》ブラシさんからマイクをうけとって、なめらかな声で歌いはじめました。

「小刀十五郎《こがたなじゅうごろう》に用心しな」

「わあ、いい声！」と、火ばしのおかみさんはいいました。

「どこかにひそんでるぞ　気をつけな」

「そらよっと」と、金属《きんぞく》ブラシさんは、われにかえって、あいのてを入れました。

「肉屋《にくや》の包丁《ほうちょう》ざえもんが

あらしの晩《ばん》に　でかけたら

墓場《はかば》の奥《おく》で　きらりバサッ！」

道具《どうぐ》たちは、いつのまにかわらいながらおどりだしています。十八本のクギも、トンカチくんのかばんから飛《と》びだして、ハケさんとトンカチくんのまわりをおどりはじめました。

「小刀十五郎《こがたなじゅうごろう》に用心しな」

十五郎《じゅうごろう》と金属《きんぞく》ブラシさんは、仲《なか》よくよりそって、いっしょに歌いました。

「月のない晩《ばん》に　でかけるな」

「そらよっと」と、小《こ》づちと子分《こぶん》たちがさけびました。

「『すぐそこまでなら　へいきだよ』と
ひとりで　ぶらぶら　歩いたら
おまえも　どこかで　きらりバサッ！」
町民《ちょうみん》センターからあふれる手拍子《てびょうし》のリズムとわらい声が、満月《まんげつ》の夜空までひびきました。

つぎの日の夕方、トンカチくんの家では、トンカチくん、ハケさん、十五郎《じゅうごろう》にネジマワシくんがテーブルをかこんですわっていました。晩《ばん》ご飯《はん》を食べながら、みんなで十五郎《じゅうごろう》の就職問題《しゅうしょくもんだい》をもう一度《いちど》話しあおうというのです。

大きいテーブルの横《よこ》に、小さいテーブルもおかれ、そこでネジマワシの娘《むすめ》が、ネギちゃんといっしょにすわって食べています。

十五郎《じゅうごろう》は、いつのまにか、もとの暗《くら》い顔になって、なにもいわずに、皿《さら》の上の豆《まめ》をつついています。

ネジマワシくんは、ちらっと十五郎《じゅうごろう》のようすを見てから、いいました。

「道路工事《どうろこうじ》はどうだろうか。けっこうおもしろいんじゃないかな」

十五郎《じゅうごろう》はだまって、豆《まめ》を波《なみ》のような線にならべはじめました。

「腕《うで》のいい手術医《しゅじゅつい》になれると思うよ」

トンカチくんはいいました。

「な、十五郎《じゅうごろう》くん。そのための勉強《べんきょう》はたいへんらしい。だけど、きみなら、できると思うんだ」

十五郎《じゅうごろう》は、こんにゃくを変《へん》な形に切りはじめました。

「あのね」

ネジマワシくんは、ちょっといらいらして、いいました。

「気もちはわかるけど、みんなが役《やく》に立とうとがんばっているのに、だまって食べもので遊《あそ》ぶのは、失礼《しつれい》だろう」

ネギちゃんに豆《まめ》をひとつ食べさせようとしていたネジマワシの娘《むすめ》は、大人《おとな》が食べもので遊《あそ》んでいると聞いて、はっと手をとめて、見あげました。

「ちょっと待《ま》って、ネジマワシくん」

ハケさんはいいました。

ハケさんは、十五郎《じゅうごろう》の皿《さら》を、じっと見ています。

「わぁ、おもしろい！　ね、トンカチくん、これ見て」

「うん、見てるよ」

トンカチくんはため息《いき》をついていいました。

「ぼくがつくったみそ田楽《でんがく》をめちゃくちゃにしている」

「ちがうの」

ハケさんがいいました。

「めちゃくちゃじゃないわよ。よく見て。なかなかいいわよ、これ。すごい芸術《げいじゅつ》センスを感《かん》じるわ」

トンカチくんとネジマワシくんは前かがみになって、十五郎《じゅうごろう》の皿《さら》を見つめました。ネジマワシの娘《むすめ》も、椅子《いす》の上でつま先立《さきだ》ちをして、十五郎《じゅうごろう》の皿《さら》をのぞきました。

十五郎《じゅうごろう》は、ぽかんとハケさんの顔を見あげました。

「あんたは芸術家《げいじゅつか》よ。わたしみたいな絵描《えか》きじゃなくて、そう、彫刻家《ちょうこくか》よ」

ハケさんは、息《いき》をはずませて、十五郎《じゅうごろう》にいいました。

「それは、もう、自分でどうにかできることじゃないのよ。彫刻家《ちょうこくか》に生まれたら、いやでも、彫刻《ちょうこく》をやらなければならないわ」

トンカチくんは、感心《かんしん》して、ハケさんをながめました。

「きみのいうとおりかもしれないね」

「だけど、芸術《げいじゅつ》はお金《かね》にはならないよ」

ネジマワシくんはいいました。

「そこがむずかしいよね」

トンカチくんはいいました。

「だけど、ハケさんのいうことは正しいよ。ほんとうは彫刻家《ちょうこくか》なのに、ほかの仕《し》事《ごと》をやろうとしても、うまくいくわけがない。な、十五郎《じゅうごろう》くん、どう思う？　彫《ちょう》刻家《こくか》になってみたいと思わないか？　ぼくたちみんなで、協力《きょうりょく》するよ」

「こ、こ、こうぎょくするよ」

ネジマワシの娘《むすめ》も高い声でいいました。

「彫刻家《ちょうこくか》、か」

十五郎《じゅうごろう》は、ゆっくりいいました。

「うむ」

そして、十五郎《じゅうごろう》はにっこりわらって、みんなの顔を見まわしました。

さて、十五郎《じゅうごろう》のために仕事場《しごとば》を見つけなければなりません。少し考えてから、トンカチくんは、材木問屋《ざいもくどんや》の丸のこどんのところへ話しにいくことにしました。

丸のこどんは、今は使《つか》っていない、町はずれの倉庫《そうこ》を、十五郎《じゅうごろう》にかしてやってもいいといいました。十五郎《じゅうごろう》が毎日製材所《せいざいしょ》ででた木の切れはしをかたづけて、そうじするなら、家賃《やちん》もいらないといってくれました。

「もしかしたら、おれがすてた木の切れはしでも、彫刻《ちょうこく》に使《つか》えるかもしれないしね」

丸のこどんはあごをなでていいました。

「ただし、売《う》り物《もの》の木材《もくざい》には、ぜったいに手をださないようにいってくれ」

「わかった」

トンカチくんはわらいました。

「よくいっとくよ」

そんなわけで、小刀十五郎《こがたなじゅうごろう》は、材木問屋《ざいもくどんや》の倉庫《そうこ》にアトリエをかまえることになりました。

月曜日の朝に、十五郎《じゅうごろう》が三つの大きな木切《きぎ》れを台の上においてながめていると、倉庫《そうこ》の入り口の外で、コソコソッという音がしました。見ると、小《こ》づちとふたりの子分《こぶん》がいました。

「おはよう」

小《こ》づちがいいました。

「やあ」

と十五郎《じゅうごろう》はいって、また仕事台《しごとだい》の上の木切《きぎ》れに集中《しゅうちゅう》しました。

「なにつくっているの?」

小《こ》づちはききました。

「まだわからぬ」

十五郎《じゅうごろう》はいいました。

「なんか、必要《ひつよう》なものはない? おれたち、もってくるけど」

「それは、まことか？」

十五郎《じゅうごろう》はびっくりして見あげました。

三人は「なんなりと、ご用命《ようめい》ください」といわんばかりに、きちんとならんで、注文《ちゅうもん》を待《ま》っています。

「うむ。では、おたのみ申《もう》す。細長い三角形の切れっぱしをひとつふたつ。カシかクルミがよい」

「了解《りょうかい》」

小《こ》づちとふたりの子分《こぶん》は、大はりきりで走っていきました。


つぎの月曜日には、古い倉庫《そうこ》の前に、おもしろい現代彫刻《げんだいちょうこく》が、八つもならんでいました。町の道具《どうぐ》たちは、入れかわり立ちかわり見にきては、ひそひそ声で彫《ちょう》刻《こく》を批評《ひひょう》しました。

「この『赤い帽子《ぼうし》をかぶった女性《じょせい》』というのがいいね」

「うん。どこまでが帽子《ぼうし》でどこからが女性《じょせい》かわからないけど、たしかにりっぱな彫刻《ちょうこく》だね」

「あたしはね、この『作品《さくひん》３９号《ごう》』っていうのがなかなかいいと思う。かんなくずでできているみたいでしょ」

「『大根林《だいこんばやし》』という題《だい》のも。すごい迫力《はくりょく》だ」

「ほんとうだ。あれ、ここで使《つか》っているのは、町役場《まちやくば》ですてた針金《はりがね》じゃないか」

その日の午後に、町長《ちょうちょう》のつちどんがやってきました。

「やあ、小刀《こがたな》くん。お仕事《しごと》、拝見《はいけん》してもよろしいかね」

「むさくるしいところではござるが、どうぞ、ごゆるりと」

十五郎《じゅうごろう》は、仕事台《しごとだい》からいいました。

つちどんは、八つの彫刻《ちょうこく》のまわりを、何度《なんど》も歩いて、いろんな角度《かくど》からながめました。

「なかなかすぐれたセンスだ」

つちどんは感心《かんしん》していいました。

「じつは、前から町の広場に、りっぱな記念碑《きねんひ》がほしいと考えていたんだが、つくってもらえるかね？」

「おおっ！　このうえなき幸《しあわ》せ！」

十五郎《じゅうごろう》は飛《と》びあがってさけびました。それから、あわてていいなおしました。

「もったいなきお言葉《ことば》、かたじけのうございます。せいいっぱい、つとめさせていただきまする」

こうして、小刀十五郎《こがなじゅうごろう》の初仕事《はつしごと》が、きまりました。

8

かす子の結婚《けっこん》

万力《まんりき》のおっさんの家の荒《あ》れはてた前庭《まえにわ》に、こわれた看板《かんばん》がひとつ立っています。ペンキがかなりはがれていますが、よく見ると、「万力整骨院《まんりきせいこついん》」と書いてあります。

万力整骨院《まんりきせいこついん》に患者《かんじゃ》さんがこなくなって、もう何年もたっています。若《わか》いころ、万力《まんりき》のおっさんは家で「腕《うで》ずもう道場」もひらいていたのですが、子どものカスガイたちが生まれたのをきっかけに道場を閉鎖《へいさ》したので、この町で骨折《こっせつ》する人が少なくなったのです。それに、何年か前に、町役場《まちやくば》の近くに、総合病院《そうごうびょういん》がたったため、けがをした人はみんな病院《びょういん》にいくようになったのです。

「そのきたない看板《かんばん》、もうそろそろ引っこぬいてしまいなさいよ」

火ばしのおかみさんは、ときどきいいましたが、腰《こし》の重《おも》い万力《まんりき》のおっさんは、ずっとほったらかしていました。

ところが、ある日、となりに住《す》んでいるノミくんが、たんかに乗《の》せられて、万《まん》力《りき》のおっさんのところに運《はこ》ばれてきました。

すぐに、カスガイたちが何人かまわりに集《あつ》まって、

「どうしたの？」

「わあ、ひどいけが！」

と、口々《くちぐち》にさけびました。

さわぎを聞いてでてきた火ばしのおかみさんは、ノミくんを見ると、顔をしかめました。ノミくんのきれいな木の胴体《どうたい》は、まっぷたつにわれていたのです。

「ひどいけがだね。いったいどうしたの？」

火ばしのおかみさんは、たんかをかかえてきたネジマワシくんとキリくんにききました。

「図書館《としょかん》の建設現場《けんせつげんば》で事故《じこ》にあったんです。先生に診《み》てもらえますか」

ネジマワシくんはいいました。

「先生？　あんた、もしかしたら、うちの亭主《ていしゅ》のことをいってるの？　やめとい

万力整骨院
9じ－17じ

たほうがいいと思うよ。早く総合病院《そうごうびょういん》につれていきな」

「いや、どうしても、万力《まんりき》先生に診《み》てほしいといっているんです」

キリくんはいいました。

すると、ノミくんは、やっと聞きとれる声で、

「先生」

といって、それから気絶《きぜつ》しました。

いちばん大きいカスガイの女の子が泣《な》きだしました。長女《ちょうじょ》のかす子です。

家の中から、万力《まんりき》のおっさんの声がしました。

「なんのさわぎだ?」

「けが人がいます」

ネジマワシくんはいいました。

「よし、中へつれてきなさい。診《み》てみよう」

万力《まんりき》のおっさんはいいました。

万力《まんりき》のおっさんは、けが人がノミくんだとわかると、ためらいました。ノミくんは働《はたら》き者《もの》で、気立てのいい若者《わかもの》です。でも、前から長女《ちょうじょ》のかす子となれなれしくするのが、気に入らなかったのです。でも、ひどいけがを見ると、万力《まんりき》のおっさんの心は動《うご》かされました。

「よし、治療《ちりょう》をはじめるぞ。おい、かす子。泣《な》いてなんかいないで、早くボンドくんを呼《よ》んでこい」

「はい、お父さん」

かす子は、涙《なみだ》をふいて、むかいの家まで走っていくと、お父さんのむかしの助手《じょしゅ》の木工用《もっこうよう》ボンドくんのドアをたたきました。

木工用《もっこうよう》ボンドくんは、ラジオの歌謡《かよう》番組を聞きながら、まんがを読んでごろごろし

ていましたが、ひさしぶりの患者《かんじゃ》だと聞くと、はねおきて、かけつけました。

火ばしのおかみさんはお湯《ゆ》をわかし、カスガイたちは古いシーツをやぶいて、包帯《ほうたい》をつくりました。

万力《まんりき》のおっさんは、頭にはちまきを巻《ま》いて、ボンドくんに手伝《てつだ》ってもらいながら、もくもくと手術《しゅじゅつ》をおこないました。そして、日がくれるまでに、ノミくんの骨《ほね》はぶじ接《つ》がれました。

「骨接《ほねつ》ぎの仕事《しごと》はやりがいがあるね」

はちまきをはずしながら、万力《まんりき》のおっさんは木工用《もっこうよう》ボンドくんにいいました。

「今度《こんど》ハケさんにたのんで、看板《かんばん》をきれいにぬりなおしてもらうかな」

万力《まんりき》のおっさんの大きな腕《うで》からおろされたノミくんは、胴体《どうたい》に包帯《ほうたい》を巻《ま》かれ、そのままベンチの上でねかされました。顔色は青白く、気絶《きぜつ》したままです。

「夜のあいだ、おまえたちは交代《こうたい》で接《つ》いだ骨《ほね》をおさえているんだよ」

万力《まんりき》のおっさんは、カスガイたちに命令《めいれい》しました。

つぎの朝早く、ノミくんが目をさますと、そこに、かす子がいました。きれいにみがかれた木の腕《うで》で、ノミくんの胴体《どうたい》をおさえたまま、こっくりこっくりいねむりをしています。

「かっちゃん」

ノミくんは小声でいいました。

「あ、ノンくん!」

かす子は目をあけていいました。

「だいじょうぶ?」

「うん。もう平気《へいき》だよ」

「父ちゃんを起《お》こすね」

かす子はいいました。

「まだ、起《お》こさなくてもいいよ」

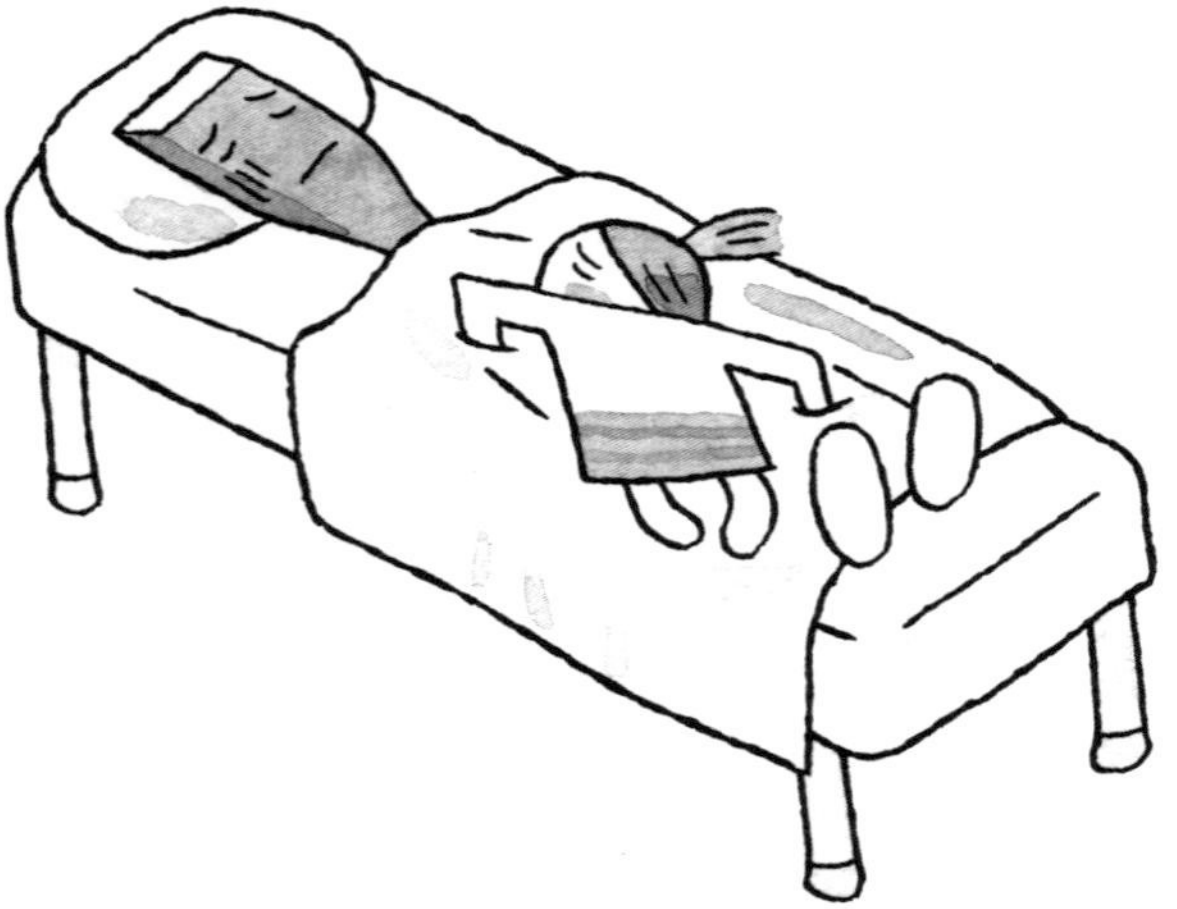

ノミくんはいいました。

それから、ふたりは、しばらくだまっていました。

「ね、かっちゃん、おぼえているかな？」

やっと、ノミくんはいいました。

「小学校のころ、ぼくたち、よくすもうをとったんだよね。きみのほうが強くて、ぼくがいつも負《ま》けていた」

「おぼえてる」

かす子はわらいました。

「ぼく、かっちゃんに負《ま》けるの、好《す》きだったよ」

「ほんとう？」

「うん。だけど、だんだん、ぼくが強くなって、きみが負《ま》けるようになったんだね」

「おぼえてる」

「それで、女の子とすもうをとるのをやめたんだ。だけど、さっき、目がさめて、きみを見たらね、小さいころ、すもうできみに負《ま》けたのを、思いだしたんだ」

ノミくんは、動《うご》かせるほうの手をのばして、かす子の手をにぎりました。かす子は、顔を赤くして、下をむきました。

「かっちゃん、ぼくがなおったら、結婚《けっこん》してくれる？」

「だめだ！」

いつのまにか目をさました万力《まんりき》のおっさんはどなりました。

「うかつだったね、万力《まんりき》くん」

やっぱり目をさました木工用《もっこうよう》ボンドくんは横《よこ》からいって、わらいました。

「だが、いい若者《わかもの》じゃないか」

そして、万力《まんりき》のおっさんの肩《かた》をポンポンとたたきました。

「それはそうかもしれないが」

万力《まんりき》のおっさんはうなりました。

「だが、かす子は、おれの娘《むすめ》だ」

「娘《むすめ》は、年頃《としごろ》になったらだれかを好《す》きになって、結婚《けっこん》するものさ。だったら、いい若者《わかもの》と結婚《けっこん》したほうがいいにきまっているだろう」

ボンドくんはいいました。

「だめだ。あの子はまだ、子どもだ」

万力《まんりき》のおっさんはどなりました。

「じゃ、おまえが結婚《けっこん》したのはいくつだった？」

ボンドくんはいいました。

「だまれっ！」

万力《まんりき》のおっさんは、かみなりのような声をだしました。それから、ノミくんにむかって、げ

んこつをふりあげました。

「こしゃくなノミの若造《わかぞう》め。こうしてやる」

「先生、待《ま》ってください」

「父ちゃん、やめて」

かす子は、ノミくんをだきよせて、さけびました。

もちろん、万力《まんりき》先生が、骨《ほね》を接《つ》いだばかりの患者《かんじゃ》さんに乱暴《らんぼう》をはたらくわけはありませんでした。そこで、かわいそうに、助手《じょしゅ》の木工用《もっこうよう》ボンドくんをつかんで、ぎゅうぎゅうしめあげはじめました。

「おい、やめろよ。ボンドがもれるだろう」

ボンドくんはさけびました。

ぽと、ぽと、ぽと。

白いボンドが、かす子とノミくんの上にたれました。

「父ちゃん、やめて！　ボンドくんが、かわいそうだよ！」

小さいカスガイたちはさけんで、お父さんの腕《うで》を引っぱりました。

「おまえさん、いったいなにをしているんだい？」

火ばしのおかみさんは、部屋《へや》にかけこんできて、おたまで万力《まんりき》のおっさんの頭を、コツン！　とやりました。

われにかえった万力《まんりき》のおっさんは、あわてて木工用《もっこうよう》ボンドくんをおろしました。

「すまない、おれ……」

といいかけて、それから、頭を

かかえて、うなりました。

「かわいい子どもが大きくなるのは、いやなんだよ」

「まあ、あんたはまるで大きな赤《あか》ん坊《ぼう》だね」

火ばしのおかみさんはそういうと、万力《まんりき》のおっさんの横《よこ》にすわって、腕《うで》を肩《かた》にまわしました。

「大きくなっても、子どもは子ども。あたしたちの子どもってことにかわりはないよ。それに、もっといいことがあるよ」

「なにそれ?」

万力《まんりき》のおっさんは、しぶしぶききました。

「まご」

火ばしのおかみさんはにっこりして、いいました。

「まご?」

万力《まんりき》のおっさんはいいました。

「おれに、まごができるというのか。す、すごい。そりゃ、かわいいだろうな」

「さあ」

火ばしのおかみさんは立ちあがりながらいいました。

「おまえさんのおかげで、このふたりはもうボンドですっかりくっついちゃったから、すぐにでも結婚《けっこん》させてやらなきゃね」

かす子とノミくんは目をかがやかしながら、たがいを見つめあいました。


のみの市《いち》の帰り道、トンカチくんは、川のほとりでハケさんに会いました。ハケさんは、かす子とノミくんの披露宴《ひろうえん》会場のあずまやに、ピンクとみどりと黄色の花模様《はなもよう》をぬっていました。結婚式《けっこんしき》まで、もうあと二時間です。

「すごくきれいだよ」

トンカチくんは、ハケさんのためにペンキのバケツをもちあげながらいいました。

「ありがとう」

ハケさんは、顔に落《お》ちてきた髪《かみ》の毛を小指《こゆび》ではらったので、おでこにピンクのしみができました。

トンカチくんはわらって、バケツを地面《じめん》におくと、ハンカチでハケさんのおでこをふいてあげました。それから、まじめな顔になって、いいました。

「ね、そろそろ、ぼくたちも、結婚《けっこん》しない？」

「ええ、いいわ」

ハケさんはトンカチくんの顔を見つめて、うれしそうににっこりほほえみました。

「やっほー！」

トンカチくんは、大きくはねてさけびました。

松居スーザン
まついすーざん

アメリカ北東部で育つ。ウィリアムス大学とザルツブルグのモーツァルテウムで作曲を学ぶ。1982年に来日し、子どもの本の創作や作曲活動を始める。『森のおはなし』『はらっぱのおはなし』（共にあかね書房）で、路傍の石幼少年文学賞、『ノネズミと風のうた』（あすなろ書房）で、ひろすけ童話賞を受賞。現在、アメリカ・マサチューセッツ州で音楽の教師をしながら、作曲、創作をつづける。

堀川 真
ほりかわまこと

1964年、北海道生まれ。絵本作家。著書に『あかいじどうしゃ よんまるさん』『たぶん、なんとかなるでしょう。』（共に福音館書店）など。北海道日本ハムファイターズ公式絵本『もりのやきゅうちーむ ふぁいたーず』（北海道新聞社）で、第26回けんぶち絵本の里大賞びばからす賞受賞。

トンカチくんと、ゆかいな道具たち

2017年11月30日　初版発行

作　者　松居スーザン
画　家　堀川 真
装　丁　城所 潤
発行者　山浦真一
発行所　あすなろ書房
〒162-0041　東京都新宿区早稲田鶴巻町551-4
電話03-3203-3350（代表）
印刷所　佐久印刷所
製本所　ナショナル製本

ISBN978-4-7515-2875-4　NDC913　Printed in Japan